단독주택에 살고 있습니다

단독주택에 살고 있습니다

초판 1쇄 인쇄 2019년 5월 24일
초판 1쇄 발행 2019년 6월 7일

지은이 센레 비지
펴낸이 이범상
펴낸곳 (주)비전비엔피·애플북스

기획 편집 이경원 심은정 유지현 김승희 조은아 김다혜
디자인 김은주 이상재
마케팅 한상철 이성호 최은석
전자책 김성화 김희정 이병준
관리 이다정

주소 우) 04034 서울특별시 마포구 잔다리로7길 12 (서교동)
전화 02) 338-2411 | **팩스** 02) 338-2413
홈페이지 www.visionbp.co.kr
이메일 visioncorea@naver.com
원고투고 editor@visionbp.co.kr
인스타그램 www.instagram.com/visioncorea
포스트 post.naver.com/visioncorea

등록번호 제313-2007-000012호

ISBN 979-11-90147-01-9 03810

이 도서의 국립중앙도서관 출판시도서목록(CIP)은 서지정보유통지원시스템 홈페이지(http://seoji.nl.go.kr)와
국가자료공동목록시스템(http://www.nl.go.kr/kolisnet)에서 이용하실 수 있습니다.(CIP제어번호: CIP2019019893)

마당과 다락방이 있는
단독주택에 살며 쓴 그림 에세이

단독주택에
살고 있습니다

글·그림 센레 비지

애플북스

단독주택에서 생활한 지 어느덧 4년이라는 시간이 흘렀다. 지금껏 단독주택에서 살아본 적이 없어, 처음에는 주택에서 일어나는 모든 일이 귀찮게 느껴지기보다는 그저 신기했다. 애초에 주택 생활에 대한 환상을 가지고 있지 않아서인지 환상이 깨질 일도 없었다. 물론 '이건 정말 살아보지 않으면 모르겠구나', '저런 건 살기 전에 알았으면 좋았을 텐데'라는 생각이 드는 순간은 종종 있었다.

이 책에 실린 에피소드 대부분은 단독주택 생활 1년이 안 되었을 무렵에 겪은 일들이다. 짧다면 짧고 길다면 긴, 1년간의 생활이 2년째로 접어들자 놀라울 정도로 평화롭게 변한 것도 신기하다. 첫해에 다양한 시행착오를 겪은 덕분에 지금은 단독주택에서 재미있게 생활 중이다.

사람의 얼굴이 다 다르듯, 세상에 똑같은 단독주택은 없다. 집 안 구조도, 집 주변 환경도 천차만별이다. 전문가가 아닌 내 글이 단독주택에 대한 공연한 오해나 편견을 불러일으키지는 않을지 걱정되지만, 단독주택에서 살고자 할 때 밀려드는 많은 궁금증, 고민거리들을 나의 경험을 통해 공유할 수 있을 거라 생각한다.

조금은 먼저 시작한 '주택 생활자'로서 솔직하게 쓰고 담은 글이라는 점을 밝히며, 열린 마음으로 공감해준다면 바랄 게 없겠다.

단독주택에 사는 이들

록키
벌레 찾기 천재.
특징 : 우아한데 귀여움.
비질과 비닐봉지를
좋아함.

산맥
록키보다 더 벌레 찾기 천재.
특징 : 센레와 비지네
마당에서 구조.
매우 시끄럽지만 귀여움.

비지
30대 중반 직장인이자 주부.
처음 해보는 단독주택 생활이
마냥 신기하고 재미있음.
취미 : 손재주는 없으나
베이킹, 자수, 가죽공예, 북아트
등 다양한 DIY에 도전 중.

센레
30대 중반 직장인.
비지의 남편.
특기 : 요리
취미 : 식물 키우기.
영화 블루레이 수집하기.

차례

1년 살아 보니

준비해야 하는 것들

소소하지만 행복한

단독주택에
살게 되었다

단순한 결정이었지만

우리 결혼하면
단독주택에서 사는 거 어때?

아파트에서만 20년을 살았다.

아주 어릴 때 다세대 주택에서 살았던 게 어렴풋이 기억나지만 단독주택에서 살아본 적은 단 한 번도 없었다. 그래서 쉽게 대답할 수 있었던 걸까. 내가 주택 생활에 얼마나 무지했는지, 나는 직접 살아보고 나서야 비로소 알게 되었다.

그렇다고 주택에 살기로 한 결정을 후회하는 것은 아니다. 정말, 아니다!

그런 단독주택이야

결혼 후 단독주택에서 살 거라고 했을 때, 친구들은 입을 모아 말했다.

"대박! 멋지다!"

단독주택이라는 말을 듣자마자 반사적으로 넓은 마당, 푸른 잔디, 바비큐 파티와 같은 낭만적인 그림을 떠올린 게 분명하다. 이를 어쩐다.

우리 집

"아니, 그런 단독주택이 아니고…… 서울 골목에 있는 작고 오래된, 그런 흔한 단독주택이야."

우리 집은 도심 한가운데, 그중에서도 빌라와 다세대 주택이 많은 길목에 꾸깃꾸깃 끼어 있다. 최근에는 동네에 몇 채 안 되는 단독주택마저 빌라로 바뀌면서 주변 건물의 평균 높이가 수시로 기록을 경신 중이다. 사람들이 '단독주택'이란 단어를 듣고 떠올리는, 흡사 잡지에나 나올 법한 자연친화적이고 여유로운 풍경과는 거리가 멀다.

언젠가 집에 놀러 온 친구와 이런 대화를 나눴다.

"나, 나중에 단독주택에서 살고 싶어."

"어머, 그래? 너도 주택에서 살고 싶어?"

내가 반가워하며 묻자, 친구는 오해를 바로잡으려는 듯 서둘러 덧붙였다.

"아, 잔디 있고! 마당 넓은 단독주택!"

인정한다. 우리 집은 그런 단독주택과는 확실히 다르다. 낡고 허름한 도심 속 단독주택. 그렇지만 내겐 너무나 애틋한 우리 집. 나는 그런 단독주택에서 살고 있다.

한 지붕 네 가족?

요즘에는 서울 골목길 어딜 가도 새로 짓고 있는 빌라가 너무 많다. 우리 동네도 마찬가지다. 끊임없는 신축빌라 공사로 사라진 단독주택 수만 해도 상당하다.

우리 집은 세 채의 단독주택에 꼭 둘러싸여 있다.

세 채 모두 지하실이 있는 걸 보아 우리 집만큼 연식이 오래된 게 분명하다. 커다란 지붕만 하나 올라가 있다면 한 지붕 네 가족이라고 해도 무색할 정도로 가까이 붙어 있다. 그만큼 매매가 어려운 구조이기도 하다. 한 집만 사서는 건물 지을 평수가 나오기 힘든 면적이기 때문이다.

이웃들의 진심을 알 순 없지만, 나는 함께 단독주택을 지키고 있다는 사실에 왠지 모를 든든함을 느낀다. 그들의 마음도 나와 같았으면!

옆집 2

옆집 3
마당

마당

우리 집

옆집 1

마당

도심 단독주택은 옆집과 이렇게
가까이 붙어 있는 경우가 많아요.

하루는 부동산에서 집을 내놓을 생각이 없냐고 물은 적이 있다. 나는 우리 집이 나름 가치가 있나 보다 하고 별스럽지 않게 생각하고 넘겼는데 센레는 무척이나 불쾌해했다. 우리 집을 눈독조차 들이지 말라는 것이다!

미처 몰랐다. 센레의 집에 대한 애정도는 나보다 한 단계 위였다.

 우리의 첫 만남

우리 집의 첫인상은…… 그다지 깔끔하지 못했다.

처음 눈에 들어온 건 시멘트 마당이었다. 배수구 쪽으로 거품 섞인 물이 흐르고 있고, 그 주변에는 이끼가 잔뜩 끼어 있었다. 군데군데 깨지고 움푹 파인 자국도 많았다. 게다가 현관 쪽 벽에는 에어캡이 덕지덕지, 단번에 단열이 잘 안되는 집이라는 걸 알 수 있었다. 원래 창문이 있던 자리에 벽돌을 채워 벽으로 만들었는데, 이후에 단열이 전혀 안돼 비닐을 붙였다고 한다.

이 집에서 10년 이상 살았던 아주머니는 추운 것만 빼면 완벽한 집이라고 거듭 강조했다. 추운 것만 빼다니! 추위를 많이 타는 나에게 그보다 심각한 문제는 없었다. 센레와 나는 그때 예감했다. 대대적인 공사가 시작되리란 걸.

당연히 예감은 적중했음이다.

리모델링은 예산과의 싸움

집을 자세히 살펴본 인테리어 소장님은 벽 단열, 하수도 연결 상태, 지붕까지 남길 수 있는 부분이 하나도 없다고 말했다. 좌절감에 쓰러지기 일보 직전이었다.

원래 리모델링을 계획한 건 맞지만 예상보다 심각한 집 상태에 공사 규모가 커지게 되었다. 한마디로 돈이 더 많이 들게 된 셈이다. 우리는 전 재산을 집 공사에 쏟아부은 것은 물론이고, 염치 불고 부모님의 도움도 일부 받아야만 했다.

"다락방에 창문이 몇 개씩이나 필요할까?"

"화장실에 창문 있으면 추워. 없애자!"

"창문 크기도 좀 줄이자."

견적서를 받고서 우리는 예산을 맞추기 위해 머리를 싸맸다. 창틀 가격이 만만치 않아 초기에 생각했던 창문 개수의 3분의 1을 없앴다. 인테리어와 편리성도 어느 선까지는 타협해야 했다. 2층에 수도도 만들 수 없었고, 붙박이장도 뺐다. 목수가 필요한 부분은 다 없애야만 했다. 이렇게 가능한 선에서 조금씩 비용을 줄여나갔다.

그럼에도 지붕과 단열에는 돈을 아끼지 않았다. 썩어가던 목재 골조 지붕을 철거하고, 철골로 골조를 짜서 지붕을 새로 튼튼하게 만들었다. 벽 두께도 전보다 두 배는 두꺼워졌다. 기존 벽돌에 단열재를 씌우고 그 위에 다시 마감을 했다. 창틀은 전부 이중으로 설치했고, 현관에는 중문을 냈다.

다방면으로 신경 쓴 덕분에 한겨울엔 보일러를 잠시만 돌려도 후끈할 정도로 단열에 강한 집이 되었다. 지금 생각해도 단열에 힘을 준 건 잘한 일이다. 비록 혼수로 비싸게 구입한 오리털 이불이 애물단지가 돼 배는 조금 아프지만.

다락방이 있는 집

빠듯한 예산이었지만 몇 가지 소망은 실현했다.

하나. 평소 로망이던 대면형 주방(거실 쪽을 바라보고 요리와 설
거지를 하는 구조).

둘. 외국 영화에서나 보던 다락방.

견적서에서 몇만 원이라도 아끼려고 창문 개수를 줄일 때는
우리가 너무 가난하게 느껴졌는데, 공사가 끝난 후 완성된 대
면형 주방과 다락방을 보니 엄청난 부자가 된 것 같았다.

지금에 와서지만 처음 다락방을 만들기로 결정했을 땐 좋으
면서도 갑작스러웠다.

'이 빡빡한 도심 속 작은 단독주택에, 낭만의 상징인 다락방
을 만들게 되다니!'

상상도 안 해봤다. 처음부터 염두에 둔 게 아닌, 높이와 집 구조가 들어맞아 만들 수 있었으니 운이 좋았다.

나를 더욱 놀라게 한 건 다락방의 크기였다. 인테리어 소장님이 꽤 넓을 거라고 일러주긴 했지만, 이 정도일 줄이야. 상상 그 이상이었다. 내가 그린 다락방은 자그마하고 동굴처럼 아늑한 공간이었는데…… 우리 집 다락방 높이는 박공지붕(책을 엎어놓은 모양의 지붕 형식)을 기준으로 2미터가 넘고, 정확하진 않지만 넓이도 20평이 거뜬히 넘는다. 벽 하나 없이 뚫려 있는 공간이다 보니 처음엔 부담스러울 정도로 광활했다.

큰 다락방이 생기자 우리는 계획대로 이곳을 만화방처럼 꾸미기 시작했다. 센레가 어릴 때부터 수집한 만화책과 영화 DVD를 모아 벽면 책장을 꽉 채우니 머릿속으로 구상했던 이미지와 제법 비슷해졌다. 겨울에 추위를 막아줄 코타츠도 구입했는데 시각적으로도 따뜻하게 해주는 효과가 있다. 예전에 쓰던 책상과 나무로 만든 지구본 와인렉까지 가져다 놓으니 그 넓던 공간이 금세 차버렸다. 더 이상 전처럼 광활한 느낌은 없다.

별의별 물건이 복작복작하게 쌓여 있어 비록 미니멀리스트의 가슴을 답답하게 할 것 같은 모습이지만 나름 낭만적인 이 공간. 높은 천장 덕분에 때론 생각의 여유가 생기고, 이따금 자

유롭게 늘어져 있을 수 있는 다락방이 우린 정말 마음에 든다.

　두고두고 고맙습니다. 소장님!

완벽하지 않아도 괜찮아

누군가 그랬다. '결혼은 인생 최대의 쇼핑 축제'라고. 전적으로 동감한다. 다만 축제기간이 너무 긴 게 아닌지 모르겠다.

결혼 준비를 하면서 친구들의 신혼집에 있던 모든 물건이 부부가 일일이 선택한 것임을 새삼 깨달았다. 침대, 소파, 식탁 등 큼직한 가구는 물론이고 시계, 수저, 슬리퍼, 빨래바구니, 빗자루 하나까지도 그냥 생긴 물건은 하나도 없었다. 그중에는 몇 주, 몇 개월씩 고민해서 고른 물건도 분명 있을 테다.

센레와 나는 결혼 준비와 리모델링 공사를 함께 진행했기에 몇 달간은 하루도 빼놓지 않고 무언가를 선택해야만 했다. 내 취향을 분명히 알고 있고, 쇼핑을 좋아하는 편인데도 골라야 하는 물건이 끝도 없이 이어지니 점점 지쳐갔다. 한번 결정하면 최소 몇 년은 사용해야 한다는 사실에 대충 고를 수도 없었다.

계단을 나무로 할 것인지, 돌로 할 것인지
지하실 공사를 할 것인지 안 할 것인지
방 구조와 사이즈는 어떻게 할 것인지
계단 위치는 어디로 할 것인지
지붕과 벽 색은 어떤 색으로 할지
바닥은 장판으로 할 것인지, 마루로 할 것인지
마루로 한다면 어떤 브랜드로 할 것인지
벽지는 실크벽지로 할 것인지, 종이벽지로 할 것인지
그리고 어떤 색으로 할 것인지
문고리는 단순한 디자인으로 할 것인지
앤티크 디자인으로 할 것인지
중문은 미닫이로 할 것인지 여닫이로 할 것인지 등등

살려줘.. 고를 게 너무 많아..

완벽한 선택을 추구하며 온 신경을 곤두세웠다. 주택 리모델링도, 결혼식도 작은 일이 아니므로 당연한 마음이었는지도 모른다.

그런데 어느 순간부터 마음을 내려놓기 시작했다. 안전에 위협이 되는 부분이 아니라면 완벽하지 않아도 괜찮다고, 이 과정을 즐기지 못하면 더 큰 후회를 하게 될 거라고.

지금 우리 집에 존재하는 모든 물건은 센레와 내가 하나부터 열까지 함께 상의하고 고민한 결과다. 물론 잘한 선택도, 아쉬운 선택도 있지만 당시 상황에선 최선이었다고 생각한다. 이 세상에 완벽한 선택이란 없을 테니까.

집이 완성되고, 부족하고 어설픈 점이 많이 보였지만 그 모습 그대로 좋았다. 우리가 시간과 노력을 보태어 완성한 결과물에 그저 감격스러울 따름이었다.

수고했어, 센레! 그리고 나도.

살고 싶은
마당 있는 집

끝날 때까지 끝난 게 아니다

단독주택에서 살기로 한 뒤, 마당에 대해선 특히 고민이 많았다. 10평 남짓한 시멘트 마당을 어떻게 하면 보기 좋게 만들 수 있을까. 누가 봐도 감탄할 만한 아기자기한 공간으로 바꾸고 싶었다. 틈틈이 플리커와 텀블러에 올라와 있는 멋진 단독주택 사진을 보면서 우리 집에 어울릴 만한 요소는 없는지 머릿속으로 계속 구상했다.

'마당에 자갈을 깔아볼까?'

'한쪽 구석에 벽돌을 쌓아 화단을 만들면 어떨까?'

'벽 쪽에 대나무를 일렬로 세우면 운치 있을 것 같아!'

하지만 곧 현실의 벽에 부딪혔다. 마당 한가운데에 떡 하니 자리 잡은 배수구와 정화조, 울퉁불퉁하고 경사진 바닥이 문제였다. 게다가 사방이 이웃집에 둘러싸여 있어, 큰돈을 들여 공

취미1 : 인테리어 사진 보기

취미2: 인테리어 TV프로그램 보기

사를 한다고 해도 드라마틱한 변화가 있을 것 같지 않았다. 아쉽지만 멋없는 시멘트 마당을 그대로 사용하기로 결정했다.

그럼에도 미련은 여전히 남아 있다. 지금도 예쁜 마당 사진을 보면 상상으로나마 우리 집 마당에 그려 넣어보고, 캡처를 해둔다. 당장은 아니더라도 언젠가는 실현할 날이 올 테니까!

우리 집 공사는 아직 끝나지 않았다.

멋없고 작지만 소중해

리모델링이 시작되고, 인테리어 소장님이 제시한 설계도 시
안 몇 개를 보고 센레와 나는 고민에 빠졌었다. 그중엔 마당을
없애고 그 자리에 베란다를 내어 커다란 팬트리를 놓은 시안도
있었다. 우리는 가장 먼저 그 시안을 제외했다. 작은 면적이더
라도 이왕 단독주택에서 사는 것, 마당이 있었으면 했기 때문
이다.

단독주택에서 마당의 존재감은 어떤 공간보다도 강력하다.
아래의 이유들은 극히 일부에 불과할 뿐이다.

1. 눈치 볼 것 없이 이불 먼지 털기
2. 쓰레기 편하게 내놓기
3. 휴대용 그릴로 기름 튀는 요리하기
4. 먼지 풀풀 날리며 가구 만들기

5. 흙이며 화분이며 마음껏 늘어놓고 분갈이하기
6. 신나게 화분에 물 뿌리기(이땐 왠지 모를 해방감까지 느껴진다)

우리 집과 나란히 있는 옆집들도 마당을 알차게 활용한다. 여름에는 아이 네다섯 명이 모여 물놀이를 하고, 초겨울에는 감나무에 주렁주렁 달린 감을 따느라 분주하다. 할머니 할아버지가 사시는 댁에선 겨울이면 난로에 넣을 땔감을 준비하느라 연신 톱질을 하신다. 그 소리가 시끄러울 때는 있지만 싫은 적은 결코 없다.

아파트에서만 20년 가까이 산 나에게 단독주택에서의 일상은 온통 신기한 경험으로 가득하다.

고단한 하루를 보낸 날이면, 대문을 열고 들어와 마당에 서서 잠시 하늘을 올려다보곤 한다. 환하게 빛나는 달이 언제나처럼 내 머리 위에 있다. 하늘과 땅 사이에 나와 달만이 존재하는 것 같은 순간. 도시에 살다 보면 이런 순간이 귀하다.

그렇게 나와 센레는 단독주택에 살자마자 마당 10평의 소중함을 알게 되었다. 멋없는 시멘트 마당이지만 무엇과도 바꿀 수 없는 우리만의 공간. 작지만 소중하다.

집수정을 아시나요?

우리 집 지하실에는 집수정이 있다. 집수정? 많이들 생경할지 모르겠다.

집수정은 쉽게 말해 물을 모으는 우물이다. 집수정에 일정량의 물이 차면 자동 배수펌프가 작동하여 하수도로 빠져나가게 된다. 습기가 많은 땅에선 고이는 물을 모아 밖으로 내보내야 한다. 그래야 건물에 이상이 안 생기고 오래오래 견고할 수 있는데, 집수정이 그 역할을 해주는 것이다.

한번은 집수정이 고장 나버렸다. 집수정에 고인 물이 하수도로 빠져나갈 때면 변기 물 내려갈 때와 비슷한 소리가 나는데, 며칠간 그 소리가 나지 않는 것이다. 이상하게 여긴 센레가 정화조 뚜껑을 열어보았더니 하수도로 빠져나가지 못한 물이 가득 차 있었다. 하루만 늦었어도 지하실이 물바다가 될 뻔했다.

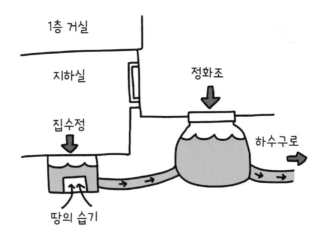

1층 거실

지하실

정화조

집수정

하수구로

땅의 습기

단독주택 수리에 베테랑이신 철물점 사장님을 급히 모셔왔다. 사장님은 보자마자 문제를 짚어냈다. 원인은 집수정에 달린 자동 배수펌프의 모터 고장. 모터를 새것으로 교체하면서 예상치 못한 돈이 지출돼 배가 아팠지만(새 모터는 30만 원 정도다) 다른 피해는 없어 다행이었다.

여전히 센레는 며칠에 한 번씩 지하실을 들여다보고, 집수정을 살핀다. 덕분에 오늘도 집수정은 물기로부터 열심히 우리 집을 지키고 있다. 쏴아~~ 시원한 물소리를 내면서!

배수구 지킴이

언젠가 뉴스에서 장마철에 거리의 수위가 빨리 높아지는 이유를 보았다. 집이나 가게 앞의 배수구를 장판이나 나무판으로 막아둔 게 원인 중 하나란다. 그 뉴스를 본 후 배수구 구멍이 막히지 않도록 늘 신경을 쓰고 있다.

우리 집 마당의 배수구는 경사진 땅 아래쪽에 있기도 하고, 구멍도 작은 편이라 낙엽 같은 이물질에 잘 덮인다. 비가 오면 마당 수위가 높아질 수밖에 없다. 이런 문제를 방지하기 위해서 센레가 방법을 하나 생각해냈다. 바로 스테인레스 채반을 배수구 위에 덮어두는 것이다.

이제는 비 소식이 들리면 당연한 듯 배수구에 채반을 꼭 덮어놓는다. 평범한 채반이지만 아주 훌륭하게 배수구 지킴이 역할을 한다. 어쩐지 마당이 점점 더 쓸쓸해 보이는 것 같지만, 효과만큼은 최고다.

틈이 생기는 부분은
문풍지로 맞춰준다.

비 오는 날, 배수구 쪽으로
낙엽이나 이물질이 흘러들어와도
빗물 빠짐엔 문제가 없다.

꽉 막혔던 순간

비데용티슈

이거, 변기에 버릴 땐
꼭 한두 장만 버려야 해.
안 그러면 변기가
막힐수 있다고 써 있어~

옹키!

꼬덕

비데용 물티슈라고 해서
물에 분해되는 게 아니에요!
오래된 주택은 수도관의 폭이 좁아
물티슈를 버리면 막히기 쉽답니다~
그리고 오래된 주택이 아니더라도
수도관 구조에 따라 물티슈를
버리면 안 되는 곳이 있어요.
수도관에 꺾이는 부분이 있으면
그 부분에 이물질이 쌓여 잘 막힐 수 있어요.
최악의 경우에는 땅을 파서 수도관을
잘라내야 하니 조심해야 합니다!

우리 집 가장 큰 화분

처음 이 집에 왔을 때, 대문 위에는 장미 넝쿨이 줄지어 있었고 그 옆으론 개나리가 풍성하게 자리 잡고 있었다. 우리 집 대문과 옆집 대문은 하나로 이어져 있는데, 식물 가꾸기를 좋아하는 옆집 할머니께서 같이 관리해주신 덕분이다.

그런데 집 리모델링을 시작한 후 공사 인부들이 시멘트 둘 자리가 없다는 이유로 대문 위에 자리한 장미와 개나리를 싹 다 잘라버렸다. 좁은 공간에서 일하시는 수고로움을 생각해 아무 말 안 했지만, 횅한 대문 위를 보고 속이 상하는 건 어쩔 수 없었다. 아~ 얼마나 예쁜 것들이었는데…….

우리는 입주하자마자 그 자리에 다시 흙을 채우고 개나리를 사다 심었다. 직접 심은 건 개나리뿐이었는데 여름이 되자 대문 위로 온갖 풀과 꽃이 자라났다. 옆집 할머니 댁에서 꽃씨가

날아온 걸까.

그런데 몇 달 후 대문 위는 폐가처럼 변해버렸다. 새로 올라오는 풀과 꽃들이 반가워 무엇이 자라든 내버려두었더니…….

한꺼번에 잡초를 뽑느라 호되게 고생한 후로 우리는 정기적으로 잡초를 뽑아 관리하고 있다. 이제 해마다 샛노랗게 피어나는 개나리를 기다리는 건 제법 기쁜 일이 되었다.

초록 초록해

한여름 우리 집 마당은 여느 집 못지않게 초록 초록하다. 이 초록이 풀로만 만들어진 거라면 좋으련만…… 반쯤은 이끼라는 게 문제다.

빛이 잘 안 드는 시멘트 마당 일부에 이끼가 자란 탓이다. 특히 연일 비가 내리는 장마철엔 습도가 올라가면서 이끼의 초록이 더욱 선명해진다. 입주 초반에는 마당을 깔끔하게 관리하겠다며 열심히 청소했지만, 3년 차쯤 되니 이끼도 집의 일부로 받아들이게 되었다. 분명히 말하지만 게을러서가 절대 아니다!

이끼를 청소하는 건 가을맞이 대청소 때가 유일하다. 이끼를 없앨 땐 식초를 사용한다. 마당이 작아서 마트에서 파는 커다란 식초 두세 병이면 충분하다. 이끼가 심한 곳에 식초를 뿌리고 빗자루로 박박 문지르면 청소 끝! 다음 날 보면 눈에 띄게

사라져 있다.

완벽하게 없애려고 힘 뺄 필요는 없다. 완벽하게 없애기도 힘들뿐더러 어차피 추운 겨울이 오면 이끼는 다 죽기 때문이다.

가끔은 포기하면 편한 일들이 많다.

그까짓 페인트칠

리모델링 예산에 맞추느라 항목에서 제외된 것 중 하나가 벽 페인트칠이었다. 하지만 대문 옆으로 이어진 담과 우리 집에서 보이는 옆집 벽이 너무 지저분해서 그곳만은 페인트칠을 꼭 하고 싶었다. 칠하면 더 예뻐질 우리 집!

고민 끝에 큰 면적이 아니니 손수 하기로 했다. 예전에 벽화 그리기 봉사를 해본 센레가 있으니 우리는 자신감을 갖고 도전했다.

근데 무슨 페인트 사야 하지?

포털사이트를 검색해서 바니시를 따로 바를 필요가 없는 멀티 페인트를 찾아냈다. 양을 가늠하지 못해 한 통씩 세 번을 따로 주문하는 불상사가 있긴 했지만 결국 다 칠했다.

"우와! 우리가 해냈어!"

페인트를 칠할 때 특별한 손재주는 필요하지 않았다. 물론 전문가의 손길이 필요한 부분도 있었지만 빠진 곳 없이 열심히 칠했더니 큰 문제는 없었다. 벽의 곰팡이와 먼지를 닦아내고 깨끗하게 칠하니 마당이 형광등을 켠 것처럼 환해졌다.

　나는 보고 또 보고, 지겨울 정도로 거실 창문에 서서 마당을 계속 쳐다봤다. 센레는 그런 날 조금 무서워하는 듯했다. 페인트칠 하나로 마당이 이렇게 달라 보이다니, 신기해서 자꾸만 눈이 갔다. 페인트를 5만 원 정도에 구입했으니 애초 견적의 5분의 1만 들인 셈이다. 무엇보다 내 손으로 직접 우리 집을 가꿨다는 뿌듯함에 행복했다.

　탁월한 작업이었어!

벌레와의 전쟁

비 오는 날의 손님

심쿵!

이 표현이 적절한지 모르겠으나 어쨌든 우리는 심쿵했다. 아파트 높은 층에서 살 땐 한 번도 본 적 없던 엄지손가락만 한 바퀴벌레를 집 안에서 처음 맞딱드린 순간, 우린 정말 심장이 멎는 줄 알았다.

그놈(?) 하나면 다행이게. 돈벌레, 콩벌레, 집게벌레 등 단독주택에서 생활하며 초반 3개월 동안 난 평생을 통틀어 가장 많은 벌레를 목격했다. 특히 비가 오는 날이면 벌레 한두 마리가 꼭 집 안으로 들어와 우리를 식겁하게 만들었다. 정녕 이것이 단독주택 라이프인가, 벅스 라이프인가?!

다행히 시중엔 벌레 차단용 제품이 많이 나와 있다. 가장 먼저 설치한 물건은 하수구 트랩이다. 하수구에서 올라오는 벌레

와 냄새를 차단해주는 효과가 탁월해 주택뿐 아니라 아파트에서도 많이 설치한다. 하수구 트랩을 설치한 후 집 안으로 들어오는 벌레의 숫자가 대폭 줄었다.

한편 의외로 많이들 간과하는 부분이 창틀 사이에 떠 있는 틈과 창틀 하단에 뚫려 있는 물구멍이다. 아파트에 살 때 방충망이 있는데도 집 안으로 말벌이 들어온 적이 몇 번 있었다. 베란다 창틀 틈을 통해서다. 원인을 알고서 창틀 물구멍 방충

〈하수구 트랩〉

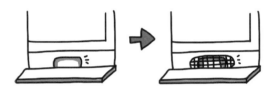

〈창틀 물구멍 방충망〉

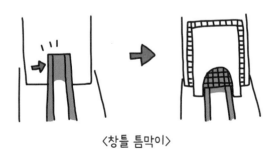

〈창틀 틈막이〉

망과 창틀 틈막이를 설치했더니 밖에서 들어오는 벌레 수가 확실히 줄게 되었다.

단독주택 생활을 시작한다면 벌레 차단에 효과적인 하수구 트랩, 창틀 물구멍 방충망, 창틀 틈막이를 꼭 사용해보길 강력히 추천한다. 시중에서 쉽게 구할 수 있고, 설치도 어렵지 않다!

공주님의 출현

6월이 되자 갑자기 걸레받이(벽 아래나 바닥 접하는 곳에 좁게 오려 붙인 장판지) 틈 사이로 날개 달린 개미가 새롭게 등장했다. 그 이름도 생소한 공주개미! 공주개미란 여왕개미가 되기 전 개미를 부르는 말이라고.

그동안 다양한 벌레를 봤지만 공주개미만 한 골칫덩어리는 없었다. 해충 방역업체에 문의하니 공주개미를 없애는 방법은 따로 없단다. 왜냐하면 공주개미는 수컷 개미와 혼인비행을 하여 여왕개미가 되는 게 목적이라 먹을거리를 찾아 집 안으로 들어오는 벌레들과는 다르다는 것이다.

공주개미가 여왕개미가 되기 위해 밖으로 나오는 기간은 2주 정도인데 그 시기가 지나면 자연히 죽어 사라진다고 한다. 정말 2주 동안 참는 것 말고는 방법이 없는 걸까.

그래서 본의 아니게 시작한 개미 관찰. 개미가 걸레받이 틈 사이로 이동하는 것을 발견하곤 그 경로를 따라 투명 박스 테이프를 붙였다. 붙이고, 붙이고, 또 붙였더니 이번엔 책장 뒤쪽 걸레받이 틈에서 나오기 시작했다.

그곳에도 테이프를 붙이려고 책장을 끌어서 옆으로 옮기는데, 그 순간 나는 내 눈을 의심했다. 뭐지? 왜 여기가 젖어 있지? 생각지도 못한 벽 한구석이 축축하게 젖어 있던 거다. 당황

여기
누수 있어요~~

와.. 고마워라..
고맙기도하지... -_-

공주개미님이 누수 위치를 알려주셨다...

스럽게도 공주님들 덕에 작은방에 생긴 누수를 발견한 것. 이거, 고마워해야 하나. 하하…….

리모델링한 지 얼마나 됐다고 벌써 누수인가 싶었지만 다행히 세탁실 바닥 쪽 말고는 문제될 곳이 없어서 금방 고쳤다. 인테리어 소장님 말에 의하면 누수는 원인만 알면 수리가 비교적 간단하다고 한다.

단독주택은 짓는다고 끝이 아니다. 자잘하게 보수할 일이 은근히 많으니, 특히 리모델링 시 계약서에 반드시 보수 보장기간을 넣고, 인테리어 업체와도 좋은 관계를 유지해야 한다. 우리는 이참에 인테리어 소장님께 공주개미 문제도 의논 드렸다.

"집에서 개미가 나와요? 이런 건 처음 보는데…… 누수된 방 도배할 때 틈도 손봐드릴게요."

그사이 2주가 지났고 공주개미는 더 이상 나오지 않았다. 걸레받이 틈을 잘 막아서인지, 가을에 지하실 공사를 해서인지 이듬해에도 그녀들(?)은 보이지 않았다. 덕분에 누수 문제를 해결한 건 다행이었지만 공주개미님들, 우리 다신 만나지 말아요. 제발.

예전 센레

비지! 거미 좀 잡아줘~

센레! 전에는 거미 혼자 못 잡더니 많이 용감해졌다~ 전기파리채 없이 바퀴벌레도 잡고..

내가 집에 있는 시간이 더 많으니까..

안 잡으면 계속 같이 있어야 되잖아...

아, 그런 이유였군.

잡았다 요놈

단독주택으로 이사 오고 얼마 지나지 않아, 해충 방역업체로부터 무료 방문상담을 받았다. 업체 직원은 줄자같이 얇은 쇠막대기를 집 안 틈새마다 넣었다 빼더니 이게 들어갈 수 있는 공간이면 벌레도 다닐 수 있다고 했다.

게다가 우리 집에서 나온 바퀴벌레나 돈벌레는 바깥에서 유입된 거라 집 안에 약을 쳐도 별 도움이 안 될 거라고 강조하며 덧붙였다.

"평소에 관리를 잘하는 게 중요해요."

특히 부엌은 늘 물기 없이 건조하게 유지하는 게 중요하다고. 만약 밖에서 들어온 벌레가 있다 해도, 집 안에 먹을 게 없으면 버티질 못하니 음식물 쓰레기나 떨어진 양념을 깨끗하게 치워야 한다고 말이다.

바퀴벌레가 번식한 경우,
대부분 이곳에
바퀴 똥이 있습니다.

싱크대 문 안쪽 경첩

경첩 부분에 바퀴 똥이 보이면
방역업체에 연락하세요~!

그로부터 얼마 후 새끼 바퀴벌레가 매일 한 마리씩 보였다. 방역업체 직원에게 들은 조언대로 나름 깨끗하게 관리 중이었지만, 그래도 불안했다. 우리 집에 정착해서 번식하면 어쩌나 겁이 났다.

바퀴벌레는 번식력이 강한 무서운 존재다. 마침 새끼 고양이를 입양해 키우기 시작한 터라 집 안에 해충약을 전혀 바르지 못한 상태였다. 우린 결국 해충 방역업체를 찾았다.

"원래는 문틈 아래쪽에도 바르는데 고양이가 먹을지 모르니까 위쪽에 바를게요."

약을 바른 효과는 금방 나타났다. 방역업체 직원이 다녀간 뒤론 벌레가 한 마리도 안 보였다. 그 후엔 어쩌다 밖에서 벌레가 들어오더라도 우리 집 식구들끼리 알아서 해결할 수 있게 되었다.

우리에겐 록스코가 있다

너무나 사랑스럽고 귀여운 우리 집 고양이, 록키.

귀엽기만 한 줄 알았던 록키에게 벌레 탐지 능력이 있을 줄이야! 세스코 저리 가라다.

록키가 뜬금없이 어떤 장소에 가서 골골 소리를 낸다면 그곳에는 벌레가 있다는 뜻이다. 덕분에 가장 불안했던 벌레 번식에 대한 걱정이 사라졌다.

한 마리만 나타나도 록키가 냄새로 다 찾아내니 처음에는 얼마나 신기했는지 모른다. 또 숨어 있는 벌레 사이즈와 록키의 '골골' 하는 소리 크기가 비례하는 것도 흥미롭다. 크게 '골골' 하고 소리를 내면 사이즈가 꽤 큰 벌레라는 뜻이라 평소보다 긴장된다.

한번은 록키가 평소에 잘 안 올라오던 침대에 올라와
천장을 뚫어지게 보고 있었다.

골골

록키가 웬일로
침대에 있지?

하하
록키야, 왜 그러고있어?

록키의 시선을 따라 천장 쪽을 올려다봤더니
천장 전등 안에서 돈벌레 한 마리가 빙글빙글 돌고 있었다.

✱ 살충제는 매우 독한 물질입니다. 사용 시 주의가 필요합니다.

한번은 이런 적도 있다.
록키 전용 화장실 근처에 딱딱한 눈썹 같은 게 떨어져 있는 게 아닌가.

그 수상한 물체가 떨어져 있는 길을 따라갔더니

돈벌레 몸통이 덩그러니 있었다.

돈벌레는 적에게서 도망칠 때 다리를 떼고 달아난다고 한다. 돈벌레가 록키로부터 도망치면서 다리를 하나씩 떨어뜨리다가 결국 몸통만 남게 돼 죽은 듯하다. 그렇다. 록키는 존재만으로 돈벌레를 물리쳤던 것이다! 대단하고 기특한 녀석.

우리는 이렇게 벌레와의 전쟁에서 승리했다(feat. 록키 만세). 잡지 못한 벌레가 집 안에 돌아다니는 것만큼 불안한 게 또 있을까.

그렇게 겁 많은 우리 부부에게 록키보다 더 벌레를 잘 찾는 고양이가 생겼다. 우리 집 마당에서 구조해 입양한 산맥이다. 태연하게 배를 뒤집고 방바닥을 뒹구는 록키 옆에서 산맥이는 특유의 시끄러운 목소리로 벌레의 존재를 알려준다. 그 모습이 어떤 때 보면 우리 옆에서 24시간 보초를 서는 것처럼 보이기도 한다. 덕분에 우리 집에 들어온 벌레들은 하루도 버티지 못하니, 이보다 더 든든할 순 없다.

이 땅의 원주민들

　록키와 산맥이 덕에 밖에서 들어오는 벌레를 바로바로 잡게 돼 걱정 하나가 사라졌다. 하지만 아무리 벌레가 없는 집이라고 해도 100퍼센트 박멸이란 불가능하다는 걸 이제는 안다.

　어쩌다 들어오는 벌레는 잡아서 없애고, 번식한다 싶으면 약을 사다 바르거나, 해충 방역업체를 불러서 해결하는 수밖에 없다. 옆집 할머니 댁처럼 여름에도 문을 활짝 열어두고 살 정도의 강심장은 못 되지만, 센레도 나도 전보다는 벌레 스트레스를 덜 받는다. 몇 년 전을 생각하면 믿기 힘든 모습이다.

　단독주택에 살다 보니 나비, 벌, 거미, 지렁이, 무당벌레, 민달팽이 등 의도치 않게 다양한 생명체를 만난다. 그들은 우리가 이 집에 오기 몇십 년 전부터 조상 대대로 여기에 터를 잡고 살았을지도 모른다. 우리 집만 해도 처음 터를 잡은 게 자그마치

40년이 넘었으니까.

　이 땅에서 살아가는 생명이 우리만은 아니구나. 그들도 우리
처럼 이 세상에서 살아남기 위해 열심히 살아가고 있구나, 문
득 겸허해진다.

1년 살아 보니

누군가에겐 일상의 곳

낯선 동네에서 길을 잃은 적이 있다. 큰길로 나가면 금방 길을 찾을 수 있다는 걸 알면서도 무섭고 두려움이 엄습했다. 나는 그 기분을 떨치려 생각을 바꿔보기로 했다.

'이곳 또한 누군가에겐 우리 집 앞처럼 늘 마주하는 곳이야. 다 사람 사는 곳이잖아? 무서울 것 없어!'

그렇게 생각하자 두려움이 조금 누그러졌다.

단독주택으로 이사하고 얼마간은 낯선 동네에서 길을 잃었을 때와 비슷한 기분을 느꼈다. 그동안 센레도 나도 아파트 생활에 너무 익숙해져 있었다. 아파트에는 어디에나 사람이 있다. 아파트 입구에도, 엘리베이터에도, 복도에도 늘 주변에 누군가 있다는 사실이 당연했다.

그런데 단독주택은 다르다. 대문을 열고 들어오면 우리밖에 의지할 건 센레뿐인데..

야 이 xx 같은 xx야!!

뭐? 이 xx 같은 x가〰!

취객 무셔..

밖으로 빛이 새어 나갈까 커튼 속에 숨어서 지켜보는 센레

같이 사는 생명체가 저 토끼야..

우리 집은 그냥 내가 지키는 걸로...

없다. 처음엔 마치 텅 빈 캔버스를 대면한 듯했다. 갑자기 주어진 조용함이 낯설었고, 그 낯섦이 조금 무섭게 느껴졌다. 설상가상으로 아무 연고도 없이 처음 살아보는 동네. 어디에 뭐가 있는지 전혀 모르는 낯선 곳에서 센레와 단둘이서 의지하며 지내야 했다.

하지만 인간은 적응의 동물이라고 했던가. 몇 주 지나자 언제 그랬냐는 듯 단독주택 생활에 완전히 익숙해졌다.

텅 빈 캔버스엔 무엇이든 그릴 수 있다. 누구의 눈치도 볼 필요 없이 모든 걸 우리 뜻대로! 집에 혼자 있어도 무섭다는 생각이 들지 않았다. 우리 집에 우리만 있는 건 당연한 일. 오히려 아파트가 새삼 모두의 공간이었다는 걸 실감하게 되었달까? 지금 와 돌이켜보면 아파트에서도 신경 쓸 건 많았다.

자기 집에 담배 연기가 들어갈까 봐 우리 집 앞에서 담배를 피우던 이웃(담배 연기를 맡고 막상 나가보면 이미 사라진 뒤다). 엘리베이터에 타면 시큼하게 코를 찌르던 음식물 쓰레기 냄새. 아랫집 누수의 원인을 찾지 못해 몇 번이나 계속되던 공사. 중·고등학교 동창들과의 어색한 스침. 주말 아침마다 늦잠을 방해하던 관리실 방송. 베란다 밖으로 이불 먼지를 털고, 누가 지나가든 말든 쓰레받기에 담긴 쓰레기를 날려버리던 몇몇 주민들.

지금은 정들고 편안한 우리 동네~!

단골 슈퍼

단골 빵집

단골 미용실

그나마 층간 소음은 없어서 다행이었다.

경비원 아저씨가 택배를 받아 보관해주시는 것 말고, 아파트 생활이 정말 편했던 게 맞을까?

의아하게도 의외인

단독주택에 살기 전, 나는 포털사이트에 다음 키워드를 폭풍 검색해보았다.

(타닥-탁-타닥)
'단독주택 보안'
'단독주택 도둑'
'단독주택 위험'

의외로 보안은 크게 신경 쓸 게 없다는 의견이 많았다. 당시엔 의아했는데, 이젠 왜 그렇게들 말했는지 그 이유를 알 것 같다.

내 녹즙 내놔

녹즙을 배달시켜 먹은 지 얼마나 지났을까.

녹즙 주머니에 있어야 할 녹즙이 사라졌다. (헐……) 설마 녹즙을 훔쳐가는 사람이 있겠냐 싶었는데, 정말 있다. 곧장 전화를 걸어 다음부터는 녹즙 주머니를 마당 안쪽으로 던져놔 달라고 부탁했다. 3천 원짜리 녹즙 하나라지만 도둑질을 당하니 하루 종일 기분이 안 좋았다. 지금부터라도 방심하지 말아야지. 내 녹즙은 내가 지킨다!

옛날이나 지금이나 도둑은 있다. 내 주변에서 일어나지 않는다고 없는 일이 아니다. 단독주택뿐 아니라 아파트, 상가, 회사, 거리, 자동차 등 장소를 불문하고 크고 작은 절도 사건이 일어난다. 다들 자기 집은 괜찮다고 여기지만, 절대 괜찮을 리 없다. 방심하지 않기. 그것이야말로 철저한 방범의 시작 아닐까.

가장 귀찮고, 가장 중요한

개인적으로 단독주택 생활을 하면서 가장 귀찮은 일을 꼽자면 문단속이다. 센레와 나는 외출하기 전과 잠들기 전, 8개의 창문과 현관을 다 잠갔는지 반드시 확인한다. 특히 현관은 번호키와 열쇠키, 걸쇠까지 삼중으로 잠근다.

☑ 창문 잠금 체크!
☑ 현관 삼중 잠금장치 OK!

단독주택은 아파트보다 창문 개수가 많아 문단속이 더 오래 걸리고 귀찮다. 그럼에도 매일 문단속을 철저히 하는 건, 방범에 있어 이보다 중요한 건 없다고 생각하기 때문이다. 바로 앞 슈퍼를 가더라도 문단속만큼은 꼭 하는 게 우리 집 규칙이다.

절도 관련 뉴스를 보면 '열린 문이나 창문으로 손쉽게' 범행을 저질렀다는 대목이 자주 눈에 띈다. 대부분의 주거 침입 절도가 버젓이 열린 문과 창문을 통해 일어난다는 사실을 알고 황당했다. 당연히 문과 창문을 열어놓고 다니면 도둑의 타깃이 되기 쉬운데도 많은 사람이 설마 도둑이 들겠냐며 문단속을 소홀히 한다고 한다. 특히 여름에 덥다는 이유로 창문이나 문을 잘 열어둔다고. 도둑이 집 안에 침입하기까지 5분이 넘게 걸리

면 90퍼센트가 범행을 포기한다는데, 창문을 열어두면 방범창을 자르고도 침입할 시간이 남아돈다. 문단속이 중요한 이유다!

또 하나, 단독주택에선 의외로 낮은 담이 방범에 좋다고 한다. 베란다 창문과 방범창, 현관이 바깥에서 보이면 누군가 수상한 행위를 보일 때 눈에 잘 띄고, 목격자가 나올 가능성이 높아지기 때문이다. 보는 눈이 많고, 문단속도 완벽하고, CCTV까지 설치한 집을 일부러 선택할 대담한 도둑은 많지 않을 것이다.

집에 도둑이 들고 나면, 물건이 없어진 것보다 또다시 도둑이 들 수도 있다는 불안과 공포 때문에 더 큰 고통을 받는다고 한다. 집 안에서 도둑과 맞닥뜨리기라도 한다면? 상상만 해도 아찔하다. 가장 마음 편안해야 할 집에서 좀도둑 때문에 생긴 트라우마로 불편하게 살 수는 없다. 그래서 다소 귀찮더라도 방범에 신경 쓰며 살려고 한다.

 센레와 비지가 알려주는 방범 TIP

☑ 짧은 외출이라도 문단속은 철저히! 가장 중요해요!

☑ 현관문에 잠금장치는 2개 이상! 번호키는 노출될 수 있

으니 열쇠키를 1개 이상 다는 걸 추천해요. 귀찮더라도 안전이 우선입니다.

- ☑ 방범창, CCTV를 설치하면 도둑이 침입할 확률이 낮아져요.
- ☑ 열쇠를 우편함, 우유 주머니, 가스계량기, 장독대 같은 곳에 숨겨두지 마세요.
- ☑ 현관문은 튼튼한 방화문이 좋아요.
- ☑ 현관문에 걸쇠를 설치하여 취침 시에는 걸고 주무세요.
- ☑ 밖에서 집 안이 잘 안 보이도록 창문에 시트지를 붙이거나 불투명한 커튼을 다는 게 좋아요.
- ☑ SNS에 휴가 계획이나 실시간 여행 사진은 올리지 않는 게 좋아요. 사는 동네나 집 위치를 올린 적이 있다면 더욱 조심하세요.
- ☑ 귀중품, 고가의 물건은 집에 두지 마세요.
- ☑ 집 주변에 수상한 사람이 보이면 바로 경찰에 신고하세요.
- ☑ 집을 오래 비울 경우 가까운 파출소에 사전 빈집 신고(응답 순찰)를 하세요. (단, 지역에 따라 운영하지 않을 수 있음)

※ 최소한 '문단속' '방범창' '현관문 2중 이상 잠금'만큼은 꼭 지키도록 해요.

택배는 포기 못 해 1

30대 중반. 인터넷 쇼핑 중독자.
쇼핑의 80%를 인터넷으로 해결.

단독주택에 살아도
이 편리함은 절대
포기할 수 없어!

단독주택으로 이사 온 후 필요한 물건이 많아 인터넷 쇼핑을 제법 했다. 인터넷은 오프라인에서 사는 것보다 저렴하고, 종류도 다양하고, 포인트까지 쌓이니 일석삼조다. 센레는 오후엔 집에서 일하는 프리랜서라 택배 받는 것쯤이야, 아무 문제가 없을 거라 생각했다. 그랬다면 참 좋았을 텐데, 안타깝게도 현실은 그렇지 못했다.

"센레 씨~~~~~!!! 쾅쾅쾅!!"
"네~ 나가요~~"
"쾅쾅쾅!! 센레 씨~~!!"
'힝…… 나가고 있어요…….'

센레가 집에 있어도 이렇게 난감한 순간이 생겼다. 모 택배회사의 기사님이 대문을 거세게 두드리면서 센레나 내 이름을 동네 떠나가라 외치니, 민망한 건 둘째 치고 이웃에게 민폐였다.
비슷한 상황을 몇 번 겪은 후 나에겐 새로운 쇼핑 습관이 생겼다. 주문하기 버튼을 누르기 전에 해당 쇼핑몰이 이용하는 택배회사명을 확인하는 것. 비용을 더 지불하더라도 우렁찬(?) 기사님의 택배회사는 피해서 주문한다.

택배는 포기 못 해 2

평소 오프라인 쇼핑보다 인터넷 쇼핑을 선호하는 나.

단독주택으로 이사하면서 생긴 최대 고민은 당연히, '집에 아무도 없을 땐 택배를 어떻게 받지?'였다. 검색해보니 단독주택에 사는 분들 대부분이 택배 기사님께 담 너머로 물건을 던져놓아 달라고 한단다. 결국 나도 같은 방법을 택했다. 딱히 다른 방법이 없기도 했고, 의외로 엄청 편하다.

하지만 역시 가장 마음 편한 방법은 직접 받는 것이다. 요즘에는 인터넷 주문을 하면 택배 도착까지 2~3일이 걸리니 배송 날짜를 계산하기 쉽다. 그뿐인가. 인터넷 쇼핑을 자주 하다 보면 택배 기사분이 몇 시쯤에 오는지도 자연히 알게 된다.

최근에는 택배보관함을 설치한 지하철역, 주민센터, 편의점, 신축 빌라가 많아졌다. 그만큼 택배를 편하게 수령하는 것이 중요한 시대가 되었다.

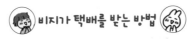

☑ 부피가 크고 무거운 물건은 집으로, 부피가 작고 가벼운 물건은 회사로 받아요. 자주 주문하는 물건의 부피가 작다면 집으로 들고 올 때도 힘들지 않답니다.

☑ 택배 수령을 내가 원하는 날짜와 시간으로 정할 수 있는 대형마트 쇼핑몰을 이용해보세요. 일정 금액 이상 주문하면 배송료를 지불하지 않아도 되니 한두 달에 한 번, 몰아서 주문하면 편리해요.

☑ 쇼핑을 위한 쇼핑은 자제해요. 갖고 싶은 물건이 아닌 필요한 물건만 사면 쇼핑 횟수가 놀라울 정도로 줄어듭니다. 이 방법에는 치명적인 단점이 있는데 실천하기가 쉽지 않다는 거죠.

가끔은 대형마트에서 배송비를 내더라도
소량 구입을 할 때가 있다.

왔다 갔다 하는
차비라고 생각하면
손해는 아니지.

맞아~ 시간은 금이라고!!

그렇게 아낀 금 같은 시간에
스마트폰을 한다는 게 함정이지만..

크크

흐흐

...

골목길 주차 전쟁

어느 시점부터 동네에 단독주택이 하나둘 사라지고, 그 자리에 빌라가 우후죽순 들어서기 시작했다. 늘어난 가구 수만큼 주차하는 차도 늘겠구나 걱정했는데, 애초에 불법주차조차 불가능한 좁은 골목이라 상황은 전과 비슷해 보였다.

그런데 다른 혼잡함이 있었다. 퇴근 시간이면 우리 집 주변 주택가 안쪽으로 차가 줄을 선다는 것이다. 주말에는 차가 거의 다니지 않는 조용한 주택가여서 의아했다. 가까이 가서 보니 골목 안쪽으로 차가 줄지어 들어가고 있고, 반대쪽에서는 들어오던 차가 후진을 하고 있었다.

우리 집은 골목 바깥쪽에 있어 그 골목이 퇴근 시간에 그렇게 혼잡한지 몰랐다. 주택가라고 다 같지는 않겠지만 단독주택에 살기를 고민하고, 차를 가지고 있다면 반드시 주차 환경을 고려하자.

인터넷에서 검색한 업체에 정화조 뚜껑 교체를 맡긴 적이 있다.

센레와 나는 이 문제에 대해선 고민할 필요가 없었다. 차가 없기 때문이다. 당분간 구입할 계획도 없다. 회사 통근 시간이 지하철로 10분밖에 걸리지 않고, 태생이 집순이 집돌이라 차의 필요성을 못 느낀다. 아이가 생기면 꼭 필요하다고들 하는데 그건 그때 가봐야 알 수 있을 듯. 지금은 차를 소유함으로써 얻는 편리함보다 차의 부재로 인한 홀가분함이 우리에게 더 와닿는다.

그래도 집을 리모델링할 때 손님을 위한 주차공간은 만들고 싶었는데 아쉽게도 남는 공간이 없었다. 그래서 차를 가진 친구들도 우리 집에 올 때는 할 수 없이 지하철을 타고 온다. 친구들아, 미안······.

단독주택, 1년간의 공과금

더위도 너무 더웠던 2017년 여름. 찐만두가 될 것만 같아 낮에도 밤에도 에어컨을 틀고 살았다. 돈 아끼려다가 더위 먹는 것보단 나을 테니까. 그와중에도 전기료에 대한 압박이 느껴져서 빵빵하게 틀진 못하고 25도로 맞춰 적당히 시원하게 지냈다.

한 달이 지나고 드디어 전기료 고지서 도착!

두근거리는 마음으로 금액을 확인하니 8만 원 정도였다. 예상보다 적게 나온 편이라서 안심했지만 기쁘지도 놀랍지도 않았다.

그런데 한전에서 되레 놀랐나 보다. 전기를 많이 사용한 게 맞느냐며 혹시 오류가 있었던 건 아닌지 확인차 전화가 걸려왔다. 평소 우리 집 전기세는 2만 원 정도였으니 그럴 만도 하다.

"네. 맞아요. 에어컨을 좀 돌려서요."

"그렇군요. 올여름이 많이 덥긴 했죠……."

1년간의 우리 집 사용료 대공개!

* 평수 약 30평. 리모델링 o. 2인 가족. 저녁밥만 해 먹음.
* 복층에는 보일러&에어컨 설치하지 않음.

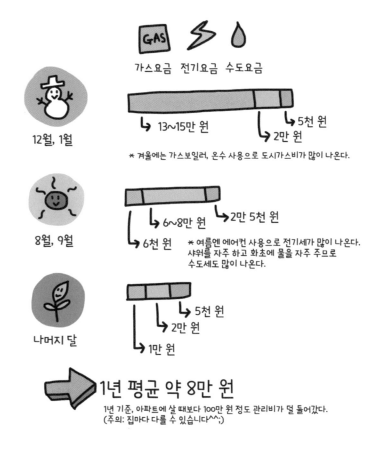

GAS 🗲 💧

가스요금 전기요금 수도요금

12월, 1월

↳ 13~15만 원   ↳ 5천 원
↳ 2만 원

* 겨울에는 가스보일러, 온수 사용으로 도시가스비가 많이 나온다.

8월, 9월

↳ 6~8만 원   ↳ 2만 5천 원
↳ 6천 원

* 여름엔 에어컨 사용으로 전기세가 많이 나온다.
샤워를 자주 하고 화초에 물을 자주 주므로
수도세도 많이 나온다.

나머지 달

↳ 5천 원
↳ 2만 원
↳ 1만 원

➡ 1년 평균 약 8만 원

1년 기준, 아파트에 살 때보다 100만 원 정도 관리비가 덜 들어갔다.
(주의: 집마다 다를 수 있습니다^^;)

'찐만두가 되고 싶진 않았어요~ 흑흑.'

결혼 전 아파트에 살았을 때는 17~20만 원 정도의 관리비를
부담했다. 참고로 아파트 관리비에는 가스비, 전기료, 수도세와
별개로 공동 비용이 있다. 경비비, 승강기 관리비, 물탱크 관리
비, 정화조 관리비, 쓰레기 관리비, 청소 비용 등이 그것이다.

반면, 단독주택은 가스비, 전기료, 수도세만 납부하면 된다.
공동 비용에 들어가는 모든 일은 집주인이 직접 한다. 처음엔
단독주택 관리비가 얼마나 나올지 감이 안 잡혀서 아파트 관
리비만큼만 나와도 다행이라고 생각했는데, 나중에 계산해보
니 가스비, 전기료, 수도세 모두 아파트에 살 때보다 현저히 적
은 금액이었다. 의도하진 않았지만 결과적으로 생활비를 절약
한 셈이다.

지출 보존의 법칙

단독주택은 관리비가 많이 든다는 글을 인터넷에서 종종 본다. 이는 다음 두 가지 의미로 해석할 수 있다.

첫 번째. 단열이 잘 안된 오래된 단독주택의 경우이다.

아무리 난방을 돌려도 온기가 금방 빠져나가기 때문에 집이 따뜻해지지 않고, 도시가스비는 다른 집의 몇 배로 나온다. 단독주택이 춥고 도시가스비가 많이 나온다는 건 대부분 이 경우를 두고 하는 말일 테다. 요즘에는 건축 기술이 발달하고 자재도 이전보다 좋아져 아파트 못지않게 따뜻한 단독주택도 많은데, 단독주택은 무조건 춥다고 생각하는 편견이 안타깝다.

두 번째. 주택 노후로 인해 발생하는 관리 비용이다.

집에 문제가 생기면 공사비가 들어가는데 그 비용 또한 관리

비로 볼 수 있다. 우리의 경우, 집은 리모델링을 해서 괜찮았지만 살다 보니 마당과 지하실은 몇 군데 고쳐야만 했다. 단독주택에 살면 무언가가 갑자기 고장 나서 곧바로 공사를 해야 하는 경우가 발생할 수 있다. 비상금 통장을 만들어 소액이나마 꾸준히 저축해두면 그런 순간에 큰 힘이 된다.

할 수 있는 만큼만

더러워진 벽에 직접 페인트칠을 하고, 무료 수질검사를 신청해서 받고, 1년에 한 번 정화조 청소차를 부르는 등 센레와 나는 사람들이 주택관리라고 말하는 일들에 익숙해지는 중이다. 미리 걱정을 너무 많이 했나? 생각만큼 힘들지는 않다. 직접 할 수 있는 일은 시간 날 때 천천히 하면 되고, 나머지는 전문가에게 맡기면 알아서 해준다.

무언가가 고장 났을 땐 철물점에 전화해서 부탁을 드리는데, 그 일련의 과정이 아파트 살 적에 관리소에 요청하는 것과 크게 다르지 않았다. 다른 점이 있다면 철물점 사장님께는 곧바로 비용을 지불해야 한다는 점이다.

집을 리모델링할 때, 센레와 나는 관리의 편의를 기준으로 두고 여러 부분을 결정했다. 아름다움도 중요하지만 순위를 매기자면 관리하기 편한 게 우선이었던 셈이다.

천장 몰딩 없애기, 문틀 없애기, 걸레받이 없애기, 잔디 깔기, 우드 주방수납장, 화이트 조리대, 주방 벽 작은 타일 등등. 모두 고심 끝에 포기한 것들이다. 조심성이 부족한 내가 주방이며 집 안을 깔끔하게 유지하려고 신경 쓰다 보면 스트레스받을 게 뻔했다. 요즘도 가끔 주방 조리대에 김칫국물과 카레 소스를 떨어뜨리는데, 그때마다 조리대를 알록달록한 색으로 고르길 잘했다고 생각한다.

갖고 싶다고 모두 내 것으로 할 수는 없다. 내 것이 되었다고 반드시 행복한 것도 아니다. 무엇이든 스스로 진심으로 즐길 수 있는 만큼, 감당할 수 있는 만큼, 할 수 있는 만큼 딱 그만큼 하면서 사는 게 좋지 않을까.

쓰레기 버리는 방법

초보 단독주택 생활자들이 꼭 알아야 할 게 있다. 뭔가 막막할 땐, 구청 홈페이지를 살피거나 주민센터에 문의하면 어느 정도 궁금증을 해결할 수 있다는 것이다. 기대 이상으로 유용한 정보가 많다.

단독주택에 이사 왔을 때 처음엔 쓰레기를 어디에, 어떻게 버려야 하는지 몰라서 난감했다. 혹시나 하는 마음에 구청 홈페이지를 들어가 봤더니 쓰레기 버리는 방법이 놀랍도록 자세히 나와 있었다.

일반 쓰레기와 음식물 쓰레기는 각각 종량제 봉투에 담아서 정해진 요일과 시간에 버리면 되고, 재활용 쓰레기는 투명한 봉투에 병, 캔, 비닐을 따로 분류하지 않고 한데 모아서 집 앞에 두면 된다. 단, 동네마다 다르니 주의해야 한다.

우리 집 바로 길 건너에 있는 마트에서 사온 쓰레기봉투.
알고 봤더니 동이 달라서 우리 집에서는 사용이 불가능했다.

바로 길 건너인데
동이 달랐다니!

2019년 9월부터는 행정구역와 관계없이
쓰레기 종량제 봉투를 사용할 수 있다고 하니
이제 이런 실수할 일은 없을 듯!

의외로 편하고 깔끔한 방법이었다. 쓰레기는 저녁 6시 이후, 일몰 후에 내놓도록 정해져 있어 길이 지저분해 보이지도 않는다. 하지만 사람 마음이 모두 같지는 않은지 시간을 지키지 않고 자기가 편할 때 내놓는 사람들도 더러 있다.

심지어 종량제 봉투를 사용하지 않거나 봉투를 묶지도 않은 채로 버려 쓰레기가 쏟아져 있는 일 또한 적지 않다. 모두가 함께 쓰는 골목이니 귀찮더라도 조금만 신경을 써주면 좋을 텐데, 주택가를 산책하다 보면 그 점이 늘 아쉽다.

운영하지 않는 정거장

이사 온 지 얼마 되지 않아 자치구에서 전단 한 장을 받았다. 재활용 정거장을 만들었으니 앞으로는 그곳에 가서 재활용 쓰레기를 버리라는 안내문이었다.

재활용 정거장은 재활용 쓰레기를 분류해 버릴 수 있도록 쓰레기통 몇 개를 만들어놓고 정해진 요일과 시간에만 재활용 쓰레기를 버리도록 한 시스템이다. 오전 9시가 넘으면 쓰레기통을 치우고 운영을 하지 않는다. 그렇다 보니 안 그래도 출근 준비로 바쁜 오전 시간이 더 정신이 없어졌다. 그보다 더 큰 문제는 재활용 정거장이 너무나 쉽게 방치된다는 데에 있었다.

어떤 날은 별다른 공지도 없이 재활용 정거장을 운영하지 않아서 재활용 쓰레기를 그대로 다시 집으로 들고 와야 했다. 또 관리자가 자리를 비우기라도 하면 쓰레기들이 데굴데굴 그 주변을 굴러다녔다. 무엇보다 공간이 작아 지정된 주택가의 쓰레기를 모두 수용하기에 역부족이었다. 재활용 정거장 주변 집들은 무슨 죄란 말인가.

결국 이런 문제점들을 해결하지 못하자 얼마 못 가 재활용 정거장은 없어졌다. 자치구에서는 예전처럼 쓰레기를 집 앞에 내놓도록 했고, 재활용 정거장은 반짝 이벤트처럼 지나가 버렸다.

재활용 쓰레기를 버릴 때 옆에 붙어서
분리를 제대로 하는지 지켜보는 관리자 분도 있다.

물건을 통해 사생활이 노출될 수 있어서
신경 쓰일 때가 많았다.

쓰레기가 한 개만 있어도

　내가 아는 어떤 분은 입주민 모두가 적극적으로 쓰레기 관리를 하는 빌라에 살고 있다. 쓰레기가 딱 한 개만 굴러다녀도 '여긴 쓰레기를 버려도 되는 장소구나' 생각해서 행인들이 쓰레기를 마구 버리기 때문에 빌라 주변에 단 한 개의 쓰레기도 용납하지 않는다고.

　쓰레기를 발견하면 바로 줍고, 빌라 주변에 반복적으로 쓰레기를 지저분하게 내놓는 사람이 있으면 주의를 주고, 또 입주민끼리 돌아가며 당번을 정해 청소를 한다고 한다. 관리인이 따로 없는데도 아파트 못지않은 깨끗한 빌라로 유지하는 그 모습이 참 좋아 보였다.

　언젠가 구글어스로 일본 주택가 이미지를 보고 감탄한 적이 있다. 어느 동네를 보아도 한 사람이 버린 것처럼 깔끔하게 동여맨 하얀 쓰레기 봉지들이 가지런히 놓여 있었다. 단 하나의 쓰레기도 용납하지 않는 빌라 입주민들처럼, 깔끔한 쓰레기 관리를 당연하게 생각하는 분들이 많아진다면 우리나라에서도 머지않아 이런 풍경을 자주 볼 수 있지 않을까 기대해본다.

물론 나부터 열심히 실천해야지!

모두 함께
깨끗한 동네를
만들어요!!

도심 단독주택에서 가질 수 없는 것

단독주택에 살기를 결심하고 아파트를 떠날 때 가장 아쉬웠던 점은 택배를 잘 받아주시는 경비 아저씨도, 언제나 오픈되어 있는 쓰레기장도 아니었다. 매일 당연하게 보아왔던 산을 더는 볼 수 없다는 사실이었다. 언덕 위에 자리한 주택이 아니라면, 도심 단독주택의 전망은 옹기종기 모인 주택의 지붕이나 담이 전부일 정도로 비슷비슷하다.

센레와 나는 단독주택에 이사 오기 전 산이 보이는 아파트 단지에 살았다. 적당히 높은 층에 살고 있어서 산이 보여주는 사계절의 풍경을 실컷 감상할 수 있었고, 살짝 떨어진 거리에서 바라보는 그 풍경에선 편안함마저 느껴져 10년 넘게 보아도 질리지가 않았다.

특히 센레가 살던 아파트는 앞을 가로막은 건물이 한 채도 없어서, 자연 그대로의 산이 바로 보였다. 베란다 창틀을 액자 삼아 보던 절경은 잊을 수가 없다. 센레가 이삿짐을 싸며 앞으로 이 풍경을 못 보는 게 아쉽다고 말했을 때 나는 깊이 공감했고, 한편으론 조금 복잡한 마음이 들었다. 익숙한 환경을 떠나는 데서 오는 아쉬움과 그간 당연하게 누렸던 경관에 대한 감사한 마음이었을 테다.

그때는 마침 우리 집 리모델링 공사가 거의 다 끝나가고 있었는데, 공교롭게 이웃으로부터 부탁 하나를 받았다. 우리 집에서 자기 집 마당이 보이지 않도록 창문에 가리개를 달아달라는 것이었다. 갑작스러운 부탁에 어떻게 하는 게 좋을까 고민하다 결국 창문 가리개를 달기로 했다.

〈창문 가리개〉

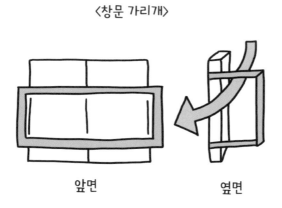

앞면　　　　　　　옆면

가리개의 높이도 이웃이 원하는 선까지 맞춰 달았다. 이웃과 가까운 거리에 살고 있는 도심 단독주택에서는 아주 불편하지 않다면 서로 배려하는 방향으로 결정하는 게 좋다.

돌이켜보면 창문 가리개 설치는 잘한 일이었다. 만약 창문에 가림막이 없었다면 이웃집 사람들보다 우리가 더 불편했을지도 모른다. 걱정했던 환기 또한 전혀 문제되지 않았다. 그렇게 우리는 단독주택에서 내다보는 전망에 대해서 깔끔하게 포기를 선언했다.

바깥 풍경이 번잡스럽다면
창틀을 선택할 때 불투명한 창문을 선택해 시공해도 좋아요!

안쪽 창은 불투명창

바깥쪽 창은 투명창

빛은 잘 들어오고
바깥 풍경이 번잡해보이지 않아 좋아요.
창문 시트지를
따로 붙일 필요가 없답니다.

좋은 경치의 기준

친구가 사는 신혼집은 내가 20년 정도 살았던 동네와 꽤 가까운 곳에 자리한 빌라다. 난 그 동네에 그렇게 주택과 빌라가 많은지 미처 몰랐다. 무엇보다 친구 집에서 바라본 풍경은 꽤 내 마음에 들었다.

거실 창가에서는 교회에서 심어 놓은 단풍나무가, 작은방에서는 초등학교에서 꾸며놓은 아기자기한 화단이 보였다. 근처에는 2층 단독주택이 많았는데, 마당에 줄지어 놓인 장독대가 귀엽고 정감이 갔다.

"여기 경치 좋다."

"이런 경치가 좋아?"

"건물이 다 낮고 집들이 아기자기하잖아. 답답한 구석도 전혀 없고."

"여긴 공항 근처라 건물을 높이 못 지으니까 그렇지."

"아……."

순간 나의 시각이 예전과 달라졌음을 깨달았다. 낮은 집들과 나무가 주는 풍경에서 조화로움과 편안함을 볼 수 있게 되었고, 오래된 집의 개성 있는 구조를 보며 재미를 느끼게 된 것이다.

생각해보면 해외여행을 가든, 국내여행을 가든 현지인들이 사는 주택가 골목을 걷는 일은 반드시 일정에 넣곤 했었다. 낮은 주택, 낮은 건물에서만 볼 수 있는 풍경이 있다고 생각해서

다. 주택에 이사 오면서 멋진 전망은 잃었지만, 새롭게 주변을 바라보는 눈이 생긴 것이다.

나만의 시선. 남들에게 그게 좋은지 어쩐지는 잘 모르겠다. 하지만 나는 이 변화를 기분 좋게 받아들이고 있다.

가깝지도 그렇다고 멀지도 않은

이웃끼리 마당을 공유할 정도로 친하게 지내는 사람들도 있다지만, 모든 것은 케이스 바이 케이스 아닐까. 센레와 나는 집 앞에서 이웃과 마주치면 인사만 나누는 정도로, 교류를 거의 하지 않고 지낸다. 신경 쓸 게 많아지는 걸 꺼리는 성격이라 어느 정도 거리를 두고 지내는 게 편하다.

사실 이웃이란 군이 친해지지 않더라도 그 존재만으로 든든하다. 그것으로 충분하지 않은가.

우리 동네에서 나와 인사를 가장 많이 나눈 분은 옷과 가방을 파는 작은 잡화점의 사장님이었다. 가게가 우리 집 바로 앞에 있어 퇴근해 귀가할 때마다 가게 앞에 나와 앉아 있는 사장님과 마주치곤 했다. 눈짓으로 서로 안부를 묻거나 길냥이 소식을 전하며 이야기를 나누기도 했다.

한번은 잡화점 사장님이 가게에 재고품을 둘 공간이 부족해 우리 집 지하실을 창고로 쓰고 싶다며 부탁을 해왔다. 대문 열쇠를 주면 알아서 왔다 갔다 하겠다고도 했다. 죄송하게도 평소 문단속에 신경 쓰는 우리로서는 받아들이기 어려운 부탁이었다. 공간 대여비도 지불하겠다고 했지만 돈 문제는 아니었다. 거절하는 사람도, 거절당하는 사람도 기분이 좋을 리 없는데, 거절을 해도 몇 번이나 계속된 부탁에 난감했던 기억이 난다.

지금 그 자리엔 다른 가게가 들어섰고 주인도 바뀌었다. 이웃과의 거리든 사람과의 거리든 뭐든 적당한 선이 필요하다. 물론 그것도 케이스 바이 케이스지만.

초대받지 않은 손님

친구가 집 근처에 와 있대~
데리고 올게!

응!

준비해야
하는 것들

다락방 위에 서서

다락방을 공사할 당시 이야기다. 다락방 바닥에 합판 나무를 깔던 날, 우리는 인테리어 소장님의 안내를 받아 사다리를 타고 다락방 위로 올라갔다. 사방에 벽이 세워져 있지 않아서 다락방의 넓이가 얼마나 되는지 가늠할 수 없었다. 흡사 옥상에 서 있는 듯했고, 난간이 하나도 없어 조금 무서웠다.

나는 안전하게 건물 한가운데에 섰다. 그렇게 서서 집 주변 풍경을 바라보고 있자니 다른 차원의 세계로 넘어온 듯, 너무 비현실적으로 느껴져 한동안 스스로에게 되물었다.

'지금 이 모습, 진짜 맞아?'

바보 같지만 그랬다.

센레와 함께 주말마다 공사 중인 집을 살폈다. 어떤 날은 기둥이, 어떤 날은 천장이, 또 어떤 날은 벽과 창문이 생겨나 있었다. 바닥밖에 없던 다락방이 점점 집다운 모습을 갖추어갔다.

갑자기 날씨가 추워진 어느 날은 다락방 테라스 타일이 어는 걸 막기 위해 인테리어 소장님께서 테라스 전체를 엄청나게 큰 비닐들로 감싸두기도 했다. 또 바닥에는 전구를 죽 늘어놓아 타일에 온기가 전달되도록 했다. 살면서 그렇게 큰 비닐도 그런 아름다운 풍경도 처음이라, 모든 게 다 신기했다.

비수기 vs 성수기

더운 공기가 위로 올라가는 여름에는 웬만해서는 다락방에
올라가지 않는다. 30도를 훌쩍 넘는 더위엔 선풍기를 틀어도
전혀 소용이 없다. 한겨울에도 마찬가지다. 난방시설이 없다 보
니 집 안인데도 밖에 있는 것처럼 추워서 온도가 잘 올라가지
않는다.

집 안의 모든 공간을 365일 사용할 필요는 없다. 우리에겐
쾌적한 1층 거실이 있지 않은가.

그래서 다락방이 쓸모가 없는가 묻는다면, 절대 아니다. 다락
방을 사용하지 못하는 날일수록 다락방의 존재는 빛난다. 한여
름에는 열기를, 한겨울에는 웃풍을 막아주는 덕분에 1층이 여
름에는 시원하고 겨울에는 따뜻하다. 하지만 우리처럼 다락방
을 다용도실이 아니라, 365일 생활해야 하는 공간으로 사용할
예정이라면 난방도 에어컨도 필수로 설치해야 불편함이 없을

것 같다.

우리 집 다락방의 성수기는 단연코 가을이다. 다락방에 앉아 시원한 바람을 느끼며 따뜻한 차를 마시고 있자면 이런 게 행복이지, 다른 게 뭐 필요한가 싶다. 록키도 같은 마음인지 가을에는 하루 종일 다락방에만 있으려 한다.

다락방은 1층과 달리 공간 분할을 전혀 하지 않아 강당처럼 널찍하고 탁 트여 있다. 그래서 상상하는 재미가 있다.

'창가 쪽에 이젤을 놓고 그림을 그려야지.'

'커다란 카페 테이블을 한가운데 배치하면 어떨까?'

'훗날 아이를 키우게 되면 볼 풀장을 만들어줘도 좋겠어.'

'친구들과 쪼르륵 이불 펴놓고 자면 얼마나 재밌을까.'

나에게 다락방은 설레고 낭만적인 공간이다. 소중한 추억이 담겨 있고, 상상의 나래를 마음껏 펼치게 해주는 공간이기 때문이다.

다락방은 때때로 나에게 용기도 준다. 처음엔 너무나 비현실적이었지만 이제는 생활공간이 된 다락방처럼, 지금은 너무나 멀게만 느껴지는 꿈같은 일들이 언젠간 또 나의 생활이 될 수도 있을 거라고. 그렇게 늘 용기를 준다.

록키, 다락방에 가자!

지하실을 지켜라

오래된 주택을 보면 작게라도 지하실이 딸린 경우가 많다. 주택을 포함한 모든 건축물에 지하실을 의무적으로 설치해야 했던 시절이 있었기 때문이다. 그땐 따로 대피소가 없어서 전쟁 시 필요한 지하 대피소를 주택에 짓게 했다고 한다.

지하실은 때때로 주거지로 사용하기도 해서 누군가 세 들어 살았던 흔적도 쉽게 볼 수 있다. 우리 집도 그 시절에 지어진 집이라 지하실이 있다.

우리 집 지하실을 처음 봤을 때 내 머릿속에는 영화에서나 보던 고문실이 떠올랐다. 뜯겨진 벽지, 쾌쾌한 곰팡이 냄새, 바닥에 나뒹구는 양파와 마늘 껍질…… 고개조차 들이밀고 싶지 않은 음산한 공간이었다.

지하실 문을 열었더니..

고.. 문.. 실...??

곰팡이 핀 벽지

굴러다니는 양파, 마늘 껍질

지하실은 땅에서 올라오는 습기 때문에 곰팡이 없이 쾌적하게 관리하기가 쉽지 않다. 그래서 최근엔 리모델링을 할 때 지하실은 매립해버리는 경우도 많다고 한다. 센레와 나도 처음엔 지하실을 살릴지 없앨지 고민이 많았다. 우린 오랜 고민 끝에 지하실을 놔두기로 했다.

첫 번째 이유는 집수정이 지하실에 있기 때문이고, 두 번째 이유는 저장 발효 음식을 좋아하시는 부모님을 위한 공간으로 적합할 것 같아서였다. 그렇지만 공사를 하지 않고서는 도저히 사용이 불가능했다. 무엇보다 구석구석 피어 있는 곰팡이가 문제였다. 예산 부족으로 입주한 지 반년 만에 공사를 시작했다.

미장, 방수, 창틀과 문 교체, 계단 타일 공사, 집수정 위치 변경 등 제법 손을 댔다. 하는 김에 마당에 있는 오래된 정화조 뚜껑도 교체했다. 정화조 뚜껑 틈새에 물이 고여 자꾸 벌레가 꼬였기 때문이다. 뚜껑을 교체한 뒤로는 마당에 간혹 보이던 모기가 한 마리도 보이지 않게 되었다.

비슷한 효과는 지하실 공사 후에도 나타났다. 창틀에 틈새 막이를 시공한 덕도 있겠지만, 집 안으로 들어오는 벌레가 눈에 띄게 사라진 것이다. 작은 거미 몇 마리 외에는 본 적이 없을 정도다. 지하실에 우리가 미처 보지 못한 틈이 있었던 게 분명하다.

공사 후 지하실은 몰라보게 쾌적해졌다. 하얀 페인트칠을 하고, 창문을 만들었더니 이제는 불을 켜지 않아도 어둡지 않다. 벽 한쪽에 마트에서 사용할 법한 선반까지 설치하고 나니 실용적인 창고로 변모했다.

지하실이 있다고 아무거나 보관해서는 안 된다. 습기에 영향받지 않는 물건들만 두는 게 물건을 위해서도, 지하실 관리를 위해서도 좋다. 자주 사용하지 않는 그릇과 커다란 냄비, 각종 소품이 선반에 차례로 쌓여갔다. 한편에는 새로 구입한 김치냉장고도 존재감을 뽐내고 있다. 얼마든지 물건을 쌓을 수 있는 공간이 있다지만, 최대한 쌓지 않고 정리하며 살아가는 게 앞으로의 목표다.

지하실 관리하기

지하실은 방치하면 금방 망가져 버린다. 센레는 최소 이틀에 한 번씩은 지하실을 드나들며 환기를 시키고 온습도를 체크한다.

특히 신경을 써야 할 시기는 한여름이다. 장마철엔 지하실 습도가 90퍼센트가 넘는 일이 다반사. 그런 날은 제습기를 틀어 곧바로 습기를 내려준다. 제습기 통에 물이 어찌나 빨리 차는지 놀라울 따름이다. 그렇게 물을 한 통 받고 나면 지하실 공기의 무게가 가벼워진 게 실제로도 몸소 느껴진다.

지하실이나 옥상처럼 물이 닿는 공간은 집에서 가장 신경을 많이 써야 한다. 하자와 보수 문제로 골치를 제일 많이 썩히기 때문이다. 우리는 이미 있는 지하실을 활용하기 위해 리모델링 공사를 했지만, 만약 처음부터 없었다면 일부러 만들지는 않았을 것이다. 부지런한 센레도 나와 같은 의견인 걸 보면 지하실은 역시 관리하기 쉽지 않은 공간임은 분명하다.

센레가 알려주는 지하실 관리 TIP

① 습도 90%
엥? 90%.???

② 잠시 제습기를 틀자!
우우웅

③ 와.. 순식간에 물이
가~득!!
털이 보송보송~
실내 공기도
가벼워진 느낌!

기계에 너무 의존하고 싶진 않지만
한여름 비라도 내린 날엔
제습기를 사용하기 전과 후의 차이가 크긴 합니다.

통하였느냐

단독주택에 살면서 새로 알게 된 점 하나는 집도 숨을 쉬어야 한다는 사실이다. 공주개미가 누수를 알려줬을 당시, 우리는 벽지를 종이벽지로 선택한 것에 진심으로 안도했다.

실크벽지는 물걸레로 닦을 수 있고 두께가 두툼해 도배했을 때 요철이 잘 안 보인다. 시공 후에도 여러모로 종이벽지에 비해 깔끔해 보인다는 장점이 있어 비싼 가격에도 많은 이들이 선택한다. 하지만 센레와 나는 실크벽지가 화재 시 더 잘 타고 유독가스 발생이 심하다는 뉴스를 보고 종이벽지를 골랐다. 안전이 제일이니까. 게다가 종이벽지는 습기가 통하는 장점이 있다. 누수를 바로 발견할 수 있었던 것도 벽지가 종이였기 때문이다.

실크벽지는 결로나 누수가 생겼을 때 초기 발견이 쉽지 않

내가 알고 보면
장점이 많다고!

나, 종이벽지!

다고 한다. 이름만 "실크"지 실제론 "PVC 비닐 코팅 벽지"이기 때문이다. 비닐 코팅인 실크벽지는 벽에서 나오는 습기를 벽지 바깥으로 내보내지 못하고, 곰팡이가 생겨도 티가 나지 않는다. 뒤늦게 실크벽지 틈새로 곰팡이나 누수가 발견되어 뜯어보면 이미 심각할 정도로 퍼져 있는 경우가 많다고 한다.

최근 좋은 자재가 많이 나오면서 겉과 안 할 것 없이 집을 철두철미하게 코팅하는 경우가 있다. 요리하고, 목욕하고, 겨울에는 난방을 하니 집 안에서 수증기나 습기는 발생하기 마련이다. 중요한 건 그 습기를 얼마나 빨리, 잘 증발시키느냐에 있다. 그래서 환기가 필요하고, 습기가 통하는 마감재를 쓰는 게 중요하다.

집은 무엇보다 안전해야 하고
최대한 오래, 쉽게 유지가 가능해야 한다.
그리고 숨을 쉬는 집이어야 한다.

한겨울 결로 방지하기 1

결로현상이란?

수분을 포함한 대기의 온도가 이슬점 이하로 떨어져
대기가 함유하고 있던 수분이 물체 표면에서 물방울로 맺히는 현상이다.

ex) 한겨울 베란다 창문에 물방울이 맺히는 현상.
창문뿐 아니라 벽이나 물건에도 발생할 수 있다.

결로현상과 곰팡이를 방지하기 위해서는 안에서 바깥으로 든, 바깥에서 안으로든, 안에서 안으로든 어떻게든 수분을 증발시켜야 한다. 곰팡이는 보기에도 안 좋지만 건강에 치명적이므로 집 안에서 수증기가 가장 많이 발생하는 주방과 욕실은 환기를 더 철저히 해야 한다. 주방에서 요리할 때는 창문을 열어두고, 욕실에서는 환풍기를 틀어 수증기를 배출시켜야 한다.

우리 집 욕실은 전등과 환풍기가 한 스위치에 연결되어 있어 수증기를 배출시키려면 불도 켜놔야 하는 단점이 있다. 전등을 꺼도 환풍기가 돌아갈 수 있도록 전등과 환풍기 스위치를 따로 설치하는 게 좋다. 또 화장실을 건식으로 사용하고, 화장실 문과 창문을 자주 열어 환기하면 물기가 금방 말라 곰팡이가 잘 생기지 않는다.

부끄러운 말이지만 예전에는 집에 별로 관심이 없었다. 실크벽지, 종이벽지 등 여러 종류의 벽지가 있는 것도 몰랐다. 하지만 지금은 다양한 건축 자재와 관리방법에 관심을 가지며 살고 있다. 주택에 살며 생긴 변화 중 하나다. 평소 관심을 갖고 관리하면 쾌적한 환경에서 살 수 있음은 물론, 하자 보수 비용도 줄어들기 때문이다.

한겨울 결로 방지하기 2

결로를 방지하기 위해서는 단열을 빼놓을 수 없다. 벽채 단열이 잘되어 있지 않으면 건물의 표면 온도가 공기의 노점온도(수증기가 모여 이슬이 맺힐 때의 온도)보다 낮아져 결로가 생기기 쉽다. 그로 인해 벽이 젖고 곰팡이도 잘 발생한다.

겨울의 아파트 베란다를 예로 들면, 베란다가 중간에서 거실과 실외의 온도 차를 줄여주어 거실 벽에는 결로가 덜 발생한다. 반면 베란다를 확장하면 따뜻한 거실의 온도와 실외의 찬 공기가 바로 맞붙으므로 거실 벽에 결로가 생기기 쉽다.

물론 벽채 단열이 잘되어 있으면 단열재가 실내외 온도 차를 줄여주어 결로현상이 발생할 가능성이 낮아지고 실내 온도도 잘 유지된다. 단열이 잘되어 있는 집이 여름에 시원하고 겨울에 따뜻한 이유다.

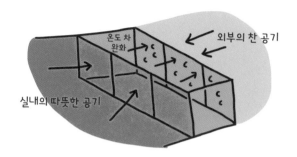

베란다가 있으면 거실과의 온도 차를 줄일 수 있어 결로가 덜 발생한다.

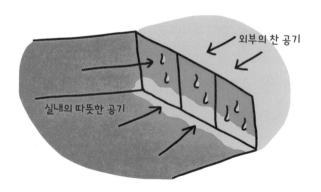

반면 베란다 확장 후에는
따뜻한 거실의 온도와 외부의 찬 공기가 바로 맞붙으므로
벽과 창문에 결로가 생기기 쉽다.

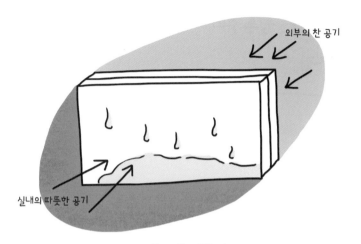

외부의 찬 공기

실내의 따뜻한 공기

벽에 들어 있는 단열재는
베란다와 같이 온도 차를 줄여주는 역할을 하여
결로를 방지하는 데 도움을 준다.

우리 집에도 결로가 발생하는 곳이 있다. 바로 다락방 창문
이다. 보통은 결로 방지 테이프를 창문 아래에 붙이는 정도로
관리하지만, 유독 추운 날은 창문에 맺힌 물방울이 흘러 창틀
에 고이기도 한다. 다락방은 난방을 하지 않기 때문에 환기를
자주하고 가끔 제습기를 틀며 관리하고 있다.

월동 준비

전에 살았던 아파트에서는 한파 때마다 수돗물을 조금씩 틀어놓으라며 미리 방송을 해주고 방한 비닐도 나눠줬었다. 하지만 단독주택에선 스스로, 미리미리 겨울을 준비해야 한다.

겨울이 오기 전에 해야 할 첫 번째 일은 바로 마당 대청소다. 마당에 떨어진 낙엽을 한데 모아 버리고, 길냥이 집 문에는 에

마당에 떨어진 낙엽 쓸기

길냥이 집도 월동 준비

지하실에 쌓아둔
안 쓰는 물건 정리하기

수도계량기와 수도꼭지
단열재로 감싸 동파 방지하기

어캡을 커튼처럼 달아준다. 그다음 지하실에 쌓아둔 물건들을 정리하고, 기온이 영하로 떨어질 것에 대비해 수도꼭지는 단열재로 꽁꽁 싸놓는다. 동파 예방은 수도계량기에도 해야 한다. 안 쓰는 천을 수도계량기 안에 구겨 넣고 비닐을 씌워야 한다. 마치 겨울 준비를 시작하는 숲속 동물이 된 것만 같다.

도심 속 주택도 주택인지라, 아파트에 살 때보다 날씨를 더 민감하게 느끼게 된다. 계절의 변화가 곧바로 생활에 영향을 미치니 귀찮다는 이유로, 바쁘다는 이유로 모른 척할 수 없다. 그래서 주택에 살려면 부지런해야 한다는 말이 있는지도 모르겠다.

따뜻한 집의 비결

겨울이 되면 '그때 정말 잘했다'고 생각하는 일이 두 가지 있다. 우리 집이 단연 따뜻한 이유랄까.

1. 현관에 중문을 설치한 것

중문 설치는 특히 탁월한 결정이었다. 추운 겨울날 중문을 열면 현관의 공기가 싸늘하다. 거실의 온기가 현관 밖으로 빠져나가는 걸 중문이 잘 막아주고 있다는 증거다. 그 외에도 먼지, 벌레, 소음이 차단되고 애완동물이 뛰쳐나가거나 신발 사이에서 뒹구는 걸 막을 수 있다. 주택에 사는 분, 살 분 모두에게 무조건 추천한다.

2. 침실에 베란다를 만든 것

작은 베란다여도 외풍 차단에는 꽤 효과적이다. 특히 안방은 장판을 깔아서인지 마루를 깐 거실보다 훨씬 빨리 따뜻해진다. 거의 2~3배 빠른 것 같다. 조금만 온도를 높여도 방이 금방 데워지니 보일러 온도를 높이지 않아도 따뜻하게 잘 수 있다.

소소하지만
행복한

익숙하지만 낯선 존재

단독주택에 살기 전까지만 해도 나는 고양이에 대해 잘 모르는 1인이었다. 정확히는 관심이 없었다. 길에서 어쩌다 한 번씩 봐도 그저 스칠 뿐이었다. 아파트에서 20년 넘게 사는 동안 길에서 고양이를 만난 횟수도 다섯 번이 채 안 된다. 고양이에게 관심이 없었으니 보고도 그냥 지나친 적이 많았다.

내게 고양이란 존재는 동물원에나 가야 볼 수 있는 사막 여우나 수달 같은 동물과 별반 다르지 않았다. 그러다 보니 어쩌다 고양이를 보아도 "고양이다!" 외칠뿐이었다(그것도 마음속으로). 한 걸음만 다가서도 금방 도망치는 그 뒷모습을 보고 있자면, 사람들이 왜 그리 고양이를 좋아하는지 알 수 없었다.

단독주택에 산다고 해서 고양이를 더 자주 볼 수 있을 거라곤 생각하지 않았다. 그래서 주택에 살면 으레 고양이들이 드나든다는 말도 남 일처럼 여겼다. 설마 정말 고양이가 오겠어?

그렇게 생각했다.

설마가 사람 잡, 아니 설마가 현실이 되었다. 주택에 살기 시작한 지 3개월 만에 우리 집에 고양이가 나타났다! 어미 고양이와 새끼 고양이, 두 마리였다.

처음 고양이들을 발견한 건 센레였다. '야옹' 하는 소리를 듣고 혹시나 하고 마당으로 나갔더니 고양이 두 마리가 자신을 보고 있더란다. 센레는 고양이를 발견하자마자 나에게 사진을 찍어 보냈는데, 사진 속에는 날카로운 인상의 어미 고양이와 처연하게 마른 까만색 새끼 고양이가 있었다.

얼마 지나지 않아 나도 출근길에 마당에서 녀석들을 만났다. 여름이라 혹시 목이 마를까 화분 받침에 물을 따라 주고선 출근했다. 이상하게도 퇴근하고 돌아오면 왠지 녀석들이 그 자리

에 그대로 있을 것 같은 기분이 들었는데, 정말 그랬다. 고양이 두 마리는 서로 몸을 꼭 붙인 채 마당에 누워 햇볕을 쬐고 있었다. 그 모습이 너무나 평화로워 보였고, 나는 순식간에 고양이란 존재에 반해버렸다.

고양이들은 가만히 보고만 있어도 나와 센레에게 편안함을 주는 존재가 되었다. 새끼에게 먹이를 양보하는 어미 고양이, 여기저기 통통거리며 뛰어다니는 호기심 가득한 새끼 고양이, '여긴 내 집이다!' 하고 자리에 눕고 보는 당당한 모습까지. 사람들이 고양이, 고양이 하며 좋아하는 이유를 이제야 알겠다.

 쿠키와 마쿤이

우리는 어미 고양이는 '쿠키', 새끼 고양이는 '마쿤(아이스크림 까마쿤에서 이름을 따왔다)'이라고 이름을 지어주었다. 한동안 센레와 나는 주말에 외출도 하지 않고 하루 종일 거실 창밖 너머 고양이들을 지켜보았다. 가까이 가면 도망을 쳐 멀리서만 봐야 했다. 가까이 가고 싶은 걸 겨우 참았다.

그런데 한눈에 봐도 마쿤이의 상태가 좋지 않았다. 눈곱이 많아 눈을 크게 뜨지 못했다. 병원에 데려가 치료를 해주려고 포획을 한 번 시도했으나 실패, 다음 기회를 노리기로 했다.

그러나 애석하게도 다음 기회는 없었다. 우리 집에 온 지 1주일이 되던 날 마쿤이는 완전히 자취를 감추었다. 중간에 이틀 정도 안 보였던 적도 있어서 우리는 마쿤이가 그때처럼 곧 다시 돌아올 거라고 생각하고 내내 기다렸다.

혹시 마쿤이니??

아니라니까요

마쿤이는 끝내 돌아오지 않았다. 나중에 안 사실이지만 당시 우리 동네에는 범백 바이러스가 돌았다고 한다. 고양이 전염병으로 알려진 범백 바이러스는 고양이 파보바이러스를 말하는데, 전염성이 강하고 치사율도 매우 높다. 그때 마쿤이의 증상으로 보아 범백 바이러스에 걸렸을 가능성을 짐작해본다.

마쿤이만 생각하면 가슴 한편이 시큰하다. 마쿤이 덕에 고양이를 사랑하게 되었고, 조금은 거창하지만 세상을 바라보는 눈도 넓어졌다. 무엇보다 내 생각만 하면서 살던 내게 무엇을 보살펴야 하는 일은 도전이기도 했다.

마쿤이가 사라진 후 센레와 나는 텅 빈 마음을 어떻게 해야 할지 몰라 조금은 우울하게 지냈다. 고민 끝에 우리는 고양이 한 마리를 가정 분양받았다. 그 아이가 지금 우리 집 첫째 고양이, 록키다.

록키, 우리 오래오래 건강하게 함께하자! 산맥이 너도!

오늘도 평안하길

밤 11시. 밖에서 희미한 고양이들의 울음소리가 들렸다. 쿠키가 다른 고양이와 싸우는 소리가 틀림없다. 울음소리의 크기로 대략적인 위치를 가늠해보건대, 쿠키는 내가 갈 수 없는 곳에 있다. 우리 집 마당에서 울고 있다면 당장 나가서 떨어뜨려 놓겠지만, 어찌할 수 없는 장소에서 싸우면 알아서 헤어지기만을 기다리는 수밖에 없다.

지난 3년간 우리 집을 스쳐 간 고양이들은 꽤 많다. 고양이를 좋아하게 된 후 신경 쓸 일도, 걱정거리도 자연스레 많아졌지만 그만큼 세상에 관심을 두며 살게 된 지금이 나쁘지 않다.

우리 집 마당에서 동네 고양이들이 마주쳐 울기라도 하면 아무리 잠이 많은 나라도 벌떡 일어나 마당으로 뛰쳐나간다. 새벽 2시든 3시든 상관없다. 오로지 고양이를 빨리 떨어뜨려 놓는 게 중요하다. 시끄럽기도 하지만 그보다는 고양이들이 동네 사람들에게 미움을 받을까 봐 염려되기 때문이다. 완전히 막을 수 없다는 건 알지만 할 수 있는 만큼은 하고 싶다.

쿠키는 가끔 영역 다툼에 져서 몇 개월씩 보이지 않다가도 늘 집으로 돌아온다. 얼마 전 마당에 있는 고양이 통로 한쪽을 막아두었는데, 다행히 우리 집 구조를 잘 아는 쿠키와 기타노 (짐작건대 이 둘은 연인 사이다)는 잘 오가며 지내고 있다.

고양이들은 주어진 환경에서 자신다운 모습으로 의연히 살아가는 듯하다. 그런 고양이들을 동정의 시선으로 바라보는 게 실례라고 말하는 사람도 있지만, 막상 바라보면 아무리 생각을 달리해도 마음이 가벼워지지 않는다. 안쓰럽고 죄스러울 때가 많다.

5분 정도 지났을까. 쿠키와 다른 고양이의 울음소리가 멈췄다. 지금 내가 할 수 있는 건, 녀석들의 '오늘'이 평안하기를 바라는 것뿐이다.

고양이 TNR 사업

TNR(Trap-Neuter-Return) 사업은 자치구에서 무료로 진행해주는 길고양이 중성화 수술이다. 우리는 쿠키에게 중성화 수술을 시켜주기로 마음먹었다. 계속 새끼를 낳으면 쿠키의 건강에도 좋지 않고, 또 발정 기간 동안 생기는 소음 문제 때문도 있지만, 무엇보다 우리 동네가 새끼 고양이들이 살아남을 수 있는 환경이 아니라는 게 가장 큰 이유다. 특히 범백 바이러스가 돌고 있는 동네에서는 생후 3개월을 넘기기가 어렵다.

쿠키는 요즘도 우리 집 마당에 가끔 나타나는데, 꼭 임신이나 출산을 한 후에 찾아오는 바람에 타이밍을 맞추기가 쉽지 않다. 임신 중과 새끼들이 젖을 먹는 생후 2개월까지는 어미 고양이의 중성화 수술이 불가하기 때문이다.

한번은 쿠키가 낳은 새끼들이 젖을 다 떼어 이때다 싶어 구청 담당자에게 포획 틀을 빌렸다. TV에 나온 것처럼 틀에 캔 하나를 넣어두면 순순히 들어갈 줄 알았다. 웬걸, 멀리서 경계하며 들어가지 않는다. 계속된 포획 실패가 당혹스러웠다. 올해에는 꼭 쿠키의 중성화 수술을 해주고 싶다.

* TNR 사업은 지역에 따라 진행 여부가 다르니
신청 전 문의해야 합니다.
(보통 겨울에는 진행하지 않아요.)

도시 정글에서 살아남기

동네 단독주택이 있던 자리에 빌라가 하나둘 지어지고 있다. 우리 집 뒤에도, 길 건너편에도, 지하철역으로 가는 길에까지 끊임없이 새 건물이 들어섰다. 이제 다 끝났나 싶으면 어디에 선가 새로운 공사가 시작된다. 1년 동안 새로 짓는 빌라를 족히 20채는 본 것 같다. 짓는 속도가 얼마나 빠른지 몇 주 후에 가 보면 다 지어져 있다.

빌라가 한 채씩 들어설 때마다 고양이들이 편안하게 음식을 먹을 공간도, 새끼를 숨길 공간도, 볼일을 볼 공간도 없어진다. 어디 고양이뿐인가. 새가 둥지를 틀 나무도, 나무가 뿌리내릴 땅도 새로 지어진 건물의 수만큼 줄어든다. 안 그래도 녹지가 부족한 도심 속, 커다란 나무가 잘려 나갈 때마다 쓸쓸하다.

얼마 전엔 동네에 있는 교육기관 한 군데가 문을 닫았다. 미용실 사장님 말씀에 의하면 설립한 지 40년 된 곳이란다. 단층 건물에 널찍한 모래놀이터가 있고, 대지 사방에 나무가 심어져 있었다. 하루아침에 수십 년 된 나무 20그루 이상이 뿌리째 뽑혀 쓰레기 취급을 받았다. 봄이 되면 건물의 담을 가득 채워 아름다움을 뽐내던 줄장미도 버려졌다.

아무렇게나 모래바닥에 쌓여 시든 것을 보고 있자니 구슬펐다. 순식간에 건물 철거를 위한 건축 비계와 천막이 쳐지고, 며칠 사이에 건물은 가루가 되어 사라졌다. 건물 앞을 지나는 사람들은 그 광경에서 눈을 떼지 못했다. 다들 말은 안 하지만 나와 비슷한 생각을 하겠지. '저기에는 또 뭐가 들어오려나' '공사는 또 언제까지 하려나'.

그야말로 땅값으로 계산되는 도심 주택가에서는 불안과 유혹이 넘실거린다. 도시에서는 자리를 잡는 것도 어렵지만, 뿌리를 내리고 살기도 쉽지 않다. 도시의 땅은 고양이와 나무에게만 호의적이지 않은 게 아니라, 그 자리에 가만히 있는 사람에게도 호의적이지 않다.

나의 자리를 지키는 것도 결연한 의지가 필요한 일이라는 걸, 이곳에 살면서 알게 되었다. 도심 주택에 살면서 터득한 나름의 '도시 정글의 법칙'이랄까.

나의 작은 테라스 텃밭

햇살이 따스한 어느 날, 화분 안을 자세히 들여다보았더니 작은 잎사귀가 고개를 내밀고 있었다. 새싹이다. 지난겨울을 보내며 말라버린 페퍼민트 뿌리에서 새싹이 올라온 것이다. 겨울을 이겨낸 그 생명력에 감탄하며 사진을 찍었다.

주택살이 첫해에는 식물 화분을 1층에 두었는데, 자꾸 벌레가 꼬여 지금은 모두 다락방 테라스로 옮겨놓았다. 몇 번의 시행착오 끝에 이제는 월동을 거친 식물도 많아지고 화단도 제법 모양새를 갖추었다. 애초에 알아서 잘 크는 식물로 고른 것도 있지만.

결혼 전 우리 집 식물 돌봄이는 아빠였다. 그런 아빠가 며칠간 집을 비우면 식물은 모두 말라 아사 직전까지 갔다. 식물을 좋아하지도 않고, 키우는 데도 소질이 없던 나는 이런저런 핑

계를 대며 나 몰라라 했다. 신기하게도 아빠가 집에 돌아와 물을 흠뻑 주고 며칠간 신경을 써주면 언제 그랬냐는 듯 식물들은 다시금 생기를 되찾았다. 나는 그 변화를 신기하다 여기면서도 나 같은 사람은 할 수 없는 일이라고 단호히 생각했다.

지금 생각해보면 아빠가 했던 일은 식물에 물을 흠뻑 주는 것뿐이었다. 이 간단한 일을 그때는 왜 그리 어렵게 생각했을까.

단독주택으로 와 처음부터 식물을 키운 건 아니었다. 초반 1년 동안은 센레만 열심히였다. 센레는 아파트에 살 때부터 바질을 풍성하게 키워냈었다. 주택에서는 해가 좋아 더 잘 자랄 거라며 허브를 종류대로 들이더니 모두 잘 키워냈다. 식물이 자라는 걸 옆에서 구경하는 건 재밌었지만 그때만 해도 직접 키워볼 엄두는 내지 못했다.

도시농부가 되다

센레의 허브 농사를 보고만 있던 내가 갑자기 식물 키우기에 빠진 것은 옆집 할머니가 키우시는 토마토를 본 후였다. 아빠가 토마토를 키우던 모습을 보고 자란 덕에 그나마 토마토는 익숙했다.

그런데 옆집 할머니가 키우시는 토마토는 내가 알던 토마토와는 확연히 달랐다. 감자만 한 토마토가 줄기 하나에 20개씩 주렁주렁. 토마토를 저렇게도 키울 수 있다니, 충격을 받았다. '나도 저렇게 키울 수 있을까?' 내 안에 있던 농부 유전자가 깨어나기 시작한 건 그때부터였다.

봄이 되자마자 토마토 모종을 사서 심었다. 토마토 재배에 관한 글을 정독하고 신경을 좀 썼더니, 6월부턴 알아서 꽃을 피우고 열매를 맺었다. 해가 좋고 통풍이 잘되는 주택이라 그런지 토마토는 엄청난 기세로 자라났다. 포도송이처럼 줄기마다 토마토가 주렁주렁 열린 것이, 기대한 모습 그대로였다! 나중에는 줄기가 너무 많이 자라서 지지대로 세우기도 힘들 정도였다. 옆으로 자라도록 방향을 틀어주니 그 방향을 따라 자리를 잡아갔다.

토마토는 10월까지 열매를 맺어 1주일에 한 번씩 익은 토마토를 따는 일은 소소한 즐거움이었다. 직접 키운 토마토라 그런지 사 먹는 토마토보다 맛도 훨씬 좋았다.

하나둘 식물을 키우다 보니, 때때로 식물이 성장하는 과정과 우리 삶의 모습에서 비슷한 점을 발견하고 감탄하게 된다. 신경 써주는 만큼 줄기가 굵어지고 잘 자라는 걸 보면 괜스레 뿌듯하다. 허브에서 나는 시원한 향기가 좋아 자꾸만 잎을 툭툭 건드리기도 하고, 흙을 토닥일 때 닿는 촉감이 좋아 하릴없이 흙에 흙을 덮기도 한다. 어른에게도 흙 놀이는 여전히 재미있다.

이젠 간혹 식물이 시들시들해져도 내가 소질이 없구나 생각하진 않는다. 이 식물이 우리 집 환경과 맞지 않았거나, 이번엔 운이 나빴던 거라고 여긴다. 다음엔 제대로 키워보리라 다짐하며. 그래도 이젠 제법 능숙하다.

언젠가부터 이 작은 테라스 텃밭에 벌과 나비, 새들이 찾아

온다. 다른 동식물과 함께 살아가는 것. 이곳에 사는 시간이 늘
수록 생각하는 것, 배우는 것이 늘어간다.

4월의 즐거움

올해엔 어떤 식물을 키워볼까?

4월은 본격적으로 모종을 구입하는 시기다. 아마도 주택에 사는 사람이라면 모두 이 시기를 기다릴 것이다. 나 또한 그렇다. 추운 겨울이 지긋지긋해질 2월 무렵부터 봄에 심을 모종 생각을 하며 4월을 기다린다.

3월 말이 되면 꽃집 앞, 시장 어귀 어디에서나 모종판을 쉽게 볼 수 있다. 당연한 듯 걸음을 멈추고 찬찬히 살펴보지만, 괜히 일찍 심었다가 차가운 기운에 상할 수 있기에 몇 번이고 사고 싶은 마음을 억누른다. 그러니 4월이 되면 기쁠 수밖에.

최근엔 화원에서도 인터넷 쇼핑몰을 운영해 다양한 식물을 손쉽게 구할 수 있다. 뿌리 부분이 다치지 않도록 신문지로 꼼꼼히 포장해 배송해준다. 시들시들한 식물은 화분에 심으면 대체로 금방 살아난다.

올해엔 야생화를 키워보려고 씨를 같이 주문했는데 잘 클지 모르겠다. 야생화는 꽃을 피우기까지 2년 이상 걸리기도 한다니 예쁘게 핀 꽃을 보게 되면 정말 기쁠 것 같다.

식물을 키워보면 소소하게 기쁜 일이 많아진다. 새싹이 돋을 때, 잎이 커졌을 때, 열매가 달렸을 때, 삽목에 성공했을 때 등. 죽어가던 게 살아나면 더 기쁘다. 이런 기쁨을 알기에 식물을 키우는 사람들은 해마다 4월을 손꼽아 기다린다. 그리고 그들은 식물이 있는 곳이라면 어디에서나 기쁨을 발견하는 행복한 사람들이다. 나 역시도.

센레와 비지의 텃밭 용품

지렁이흙

집에서 키우는 식물이니 이왕이면 유기농으로 키우고 싶었어요. 영양가 높으면서 최대한 친환경적인 흙이 좋을 것 같아 지렁이흙을 구입했어요.

지렁이가 왔다 갔다 하면서 흙의 배수성, 통기성을 좋게 만들고 유용한 미생물도 많다고 해요. 동물의 분변으로 만든 비료와 달리 냄새도 나지 않아요.

EM흙

시어머니께서 만들어주신 EM흙도 사용해요. 뚜껑이 있는 화분에 흙을 넣고, 그 사이에 음식물 쓰레기를 넣고 덮은 후 EM용액을 부어주면 발효 시작! 겨우내 이 과정을 반복하면 음식물 쓰레기의 형태는 거의 찾을 수 없고, 영양 높은 자연 비료가 만들어집니다. 음식물 쓰레기도 해결되니 일석이조! 단, 벌레가 꼬일 수 있으므로 여름에는 피하는 게 좋아요.

EM흙을 사용하니 재미있게도 화분 여기저기에서 숙주나물, 콩나물, 호박 새싹이 올라오네요. 식물들의 생명력이란 역시 대단합니다.

포크

흙을 고르고 잡초를 뽑는 김매기는 밭뿐만 아니라 화분 속 흙에도 필요해요. 화분의 흙은 시간이 지나면 단단해지는데 일회용 포크나 사용하지 않는 포크 끝으로 살살 긁어주면 다시 포슬포슬해집니다. 식물의 뿌리가 다치면 안 되니 너무 깊이 파지 말고 겉면만 살살 긁어줘야 해요.

김매기 전과 후는 흙의 색도 달라지죠. 왠지 식물의 숨통을 트이게 해준 거 같아서 다한 후엔 보람이 느껴져요. 실제로 김매기를 하면 물이 식물의 뿌리까지 잘 흘러내려 가 성장에 도움이 된다고 합니다.

빗물 저금통

우리 집은 2층에 수도시설이 없어서 물을 줄 때마다 물통에 물을 담아 날라야 합니다. 그래서 빈 통을 하나 두고, 비 올 때만 뚜껑을 열어 빗물을 모아 사용하고 있어요. 물을 아낄 수 있다는 장점도 있고, 빗물에는 질소가 많아 식물 생장에 도움이 된다고 하니 쓰지 않을 이유가 없죠.

빗물통에 대해 알아보다가 서울시에서 빗물 저금통 지원 사업을 진행한다는 걸 알게 되었어요. 빗물 저금통이라는 말도 재미있고, 빗물을 모으는 용도로 나온 제품도 따로 있었다니 흥미로웠어요.

잡초 나무

심지도 않은 풀이 대문 위 화단에서 2미터 가까이 자랐다.
너무 커지면 나무의 뿌리가 대문 바닥을 뚫을 수도
있다고 해서 서둘러 뽑아버렸다.

나무를 버리려면 가지를 잘라야 했다.

열심 열심

자른 줄기와 가지는 한데 모아
노끈으로 묶고, 사방에 떨어진
잎사귀는 쓸어서 버렸다.

다음부턴 미리
뽑아버려야지!

휴~ 다했다...

마당에서 나무를 자르고 모으다 보니 그 순간만큼은
도시가 아니라 시골에 있는 것 같은 느낌이 들었다.

# 볼륨을 높여라

단독주택에 생활하며 가장 기억에 남는 순간을 꼽으라면, 집 공사가 끝난 직후 맞이한 밸런타인데이다. 아무것도 없는 집에 처음으로 식탁이 배달된 날이기도 하다.

스마트폰으로 90년대에 유행했던 팝송을 틀어놓고 센레가 요리한 스테이크를 먹었다. 지금 생각하면 웃음이 나지만, 무엇 때문인지 그때 우린 식사를 마친 후 뜬금없이 음악에 맞춰 춤을 추었었다. 그것도 엄청난 막춤을! 포만감에 기분이 좋아졌던 걸까. 둘이 손을 맞잡고 텅 빈 거실을 몇 번이나 빙글빙글 돌았다. 그러다가 우리는 순간 깜짝 놀라 눈을 동그랗게 뜨고는 서로를 바라봤다.

단독주택의 최대 장점이 '층간 소음으로부터의 자유'라는 것
에 동의하지 않는 사람은 아마 없을 것이다. 아파트에서는 온
갖 생활 소음으로 인해 피해를 입고 또 피해를 주게 될까 신경
쓰느라 스트레스를 받는 경우가 많다.

스트레스 해소를 위해 노래를 자주 부르는 나는 단독주택에
살기 시작하면서 소음 걱정을 하지 않아도 되는 생활이 특히
좋았다. 아파트에 살 때는 이웃집에 들릴지도 모른다는 생각에
두꺼운 이불을 뒤집어쓴 채로 노래를 부르곤 했는데, 이곳에서
는 목청껏 노래를 불러도 누구 하나 신경 쓰지 않는다. 고양이

가 아무리 큰 소리로 울고, 우다다(고양이가 격렬히 뛰는 행동. 말이 뛸 때처럼 다그닥 다그닥 소리도 난다)를 해도 그 소리가 피해를 줄까 눈치 볼 필요도 없다.

주말에 창문을 열어두면 초등학생 아이가 있는 이웃집 담을 넘어 이런저런 소리가 들려온다. 더듬거리며 피아노 치는 소리, 리코더 부는 소리 등 다양하다. 마당에 풀장을 펼치고 수영을 하는 날에는 여럿이 모였는지 시끌벅적하다. 약간 멀리서 들려오는 그 소리들이 오히려 정감 있고 듣기 좋다. 조용히 있고 싶어지면 창문을 닫으면 된다. 순식간에 집 안이 고요해진다. 딴소리지만, 요즘 창틀은 정말이지 방음 효과가 뛰어나다.

영화를 좋아하는 센레와 나는 시도 때도 없이 영화를 보는 편이다. 최근엔 극장에서 상영 중인 영화마저 VOD 서비스를 통해 바로 볼 수 있다. 참 좋은 세상이다. 해상도 높은 UHD 화질에, 우퍼와 홈시어터를 구비해 사운드까지 즐길 수 있는 환경을 만들어 만끽하고 있다. 우퍼를 걱정 없이 거실 바닥에 설치하고, 볼륨을 높일 수 있는 것도 단독주택이라 가능한 일이다. 극장 못지않게 만족스럽다.

운동을 하고 싶을 땐 다락방으로 간다. 국민체조를 하고, 이어서 10분 순환운동을 한다. 밤늦게 쿵쿵거리며 운동해도 누구 하나 뭐라 할 사람이 없다.

물론 늘 운동을 하는 것은 아니다...

게으른 센레와 비지.

불편한 점도 많은 단독주택 생활이지만, 소리에 관해서 만큼은 너무나 편안하다. 단순히 불편과 편리의 문제를 넘어 전에 없던 자유가 생긴 느낌이다. 그보다 더 좋은 건 소소하게 행복을 느끼는 일들이 많아진 것이다.

주말 아침 주방에서 퍼지는 토스트와 커피 냄새. 만화책 잔뜩 쌓아놓고 보는 일. 고양이들이랑 놀기. 따뜻한 차를 마시며 책 읽기. 동네 산책하기. 그리고 단독주택에서만 누릴 수 있는 '큰 소리를 내도 되는 자유' 누리기. 이건 생각보다 훨씬 커다란 행복이다.

잘 사는 시간

우리 집 제일 작은방에는 센레가 이사 올 때 가져온 원목 책상이 있다. 어릴 때부터 쓴 책상이고 깨끗해서 버릴 수 없다며 가져왔지만, 어쩐지 고양이 물건만 쌓아두게 되어버렸다. 그런데 문득 내가 이 책상을 한번 써볼까 하는 생각이 들었다. 쌓여 있는 물건들을 싹 치우고, 다락방에 있던 스탠드 조명을 갖다 두니 주변이 제법 분위기 있는 공간으로 재탄생했다.

이 책상에 앉아 나는 많은 일을 한다. 소설을 필사하기도 하고 저렴하게 산 자투리 가죽으로 이런저런 소품을 만들기도 한다. 주택의 최대 장점인 큰 소리를 낼 수 있다는 자유는 선택의 자유로 이어졌다. 만약 주택에 살지 않았다면 가죽공예를 취미로 선택할 수 없었을 것이다. 가죽공예품은 망치질의 연속이라 해도 과언이 아니기 때문이다.

이 공간에서 시간을 보내며, 왜 사람들이 주택 주차장 한편을 목공 작업실처럼 만드는지 알았다. 형체 없는 잡념, 걱정, 다짐들에서 벗어나 직접 몸을 움직이며 눈에 보이는 무언가를 완성해나가는 것이 좋다. 만드는 일에 푹 빠져 손을 꼼지락거리다 보면 마음도 편해진다.

완성한 물건들로 돈을 버는 것도 아니고 이력을 쌓는 것도 아니다. 오히려 가끔은 시간도, 돈도 많이 든다. 하지만 이런 시간이야말로 스스로 '잘 살고 있구나' 느끼는, 나에겐 꼭 필요한 시간이다.

내가 원하는 집

마당에서 아이들과 강아지가 마음껏 뛰놀게 하고 싶다, 여름엔 마당에 작은 수영장을 만들고, 친구들을 초대해 바비큐 파티를 즐기고 싶다, 열매가 열리는 나무를 심고 마당 한구석엔 작은 텃밭을 꾸미고 싶다, 내 취향에 딱 맞는 나만의 집을 만들고 싶다.

단독주택에 살고자 하는 이유는 사람마다 다양하다. 그리고 여기엔 하나의 공통점이 있다. "내(우리 가족)가 주체가 되는 집에 살고 싶다", "내(우리 가족)가 마음대로 할 수 있는 집에 살고 싶다"는 바람이 담겼다는 것이다.

외국 사람들은 왜 아파트가 주는 편리함에도 불구하고, 주택 생활을 더 선호할까? 자신이 주체가 되는 집에 살고 싶기 때문이 아닐까. 나만의 취향과 라이프스타일에 맞춘 나만의 공간을 갖고 싶은 바람이, '아파트 매매로 수익을 내고 싶다', '적어도 손해는 보고 싶지 않다', '집 관리를 타인에게 맡기고 보다 편하게 살고 싶다' 따위의 욕망보다 커질 때 단독주택에서의 삶을 그리는 게 아닐까.

단독주택은 규모가 크든 작든 독립된 건물이라 이웃에 피해를 주지 않는 선에서라면 원하는 건 무엇이든 나의 의지, 우리 가족의 의지를 최우선으로 두고 결정할 수 있다. 이 점은 단독주택에서만 가능한 일이자, 단독주택의 최대 장점이기도 하다.

물론 단독주택은 집에 문제가 생기면 철물점이나 공사업체를 직접 찾아야 하고, 스케줄에 맞춰 낯선 이를 집에 들여야 한다. 여간 불편한 일이 아니다. 하지만 그 불편함은 내가 이 집의 모든 권한을 가졌다는 뜻이 되기도 한다. 집주인이 자기 집을 직접 책임지고 관리하는 건 너무나 당연한 일 아닌가.

불편함을 감내하면 자유가 따라온다. 마당을 넓히고 싶다, 다락방을 만들고 싶다, 옥상 정원을 갖고 싶다, 천장이 높은 집에서 살고 싶다, 집 안에 찜질방을 만들고 싶다, 흙집에서 살고 싶다, 집을 다시 짓고 싶다 등등 무엇이든 상상할 수 있다. 예산과 시간 등 몇 가지 조건을 힘써 갖춘다면 실현도 가능하다.

내가 주체가 되어 만들고, 고쳐가며 생활하는 공간은 각별할 수밖에 없다.

내가 원하는 집은?

손때 묻은 내 공간에서 오래오래 살고 싶고, 그 공간을 늘 쾌적하게 유지하고 싶다. 단독주택에 살면서 집과 생활에 관심을 갖게 되니 저절로 공부를 하게 된다. 전에는 보지 못했던 것들을 보고, 생각하지 않았던 것들을 생각하면서 나는 점점 생활 연구자가 되어 간다.

생활 연구자 비지

두리번두리번

'스머프 빌리지', '심슨 스프링필드'. 두 게임 다 동네를 꾸미는 게임으로, 결혼 전 센레와 내가 즐겨하던 모바일 게임이다. 실제로도 우리는 동네 골목 상권에 관심이 많고 산책도 좋아한다. 우리 동네는 주차장 부족 때문인지 큰 가게는 거의 없고, 오래된 식당 또는 젊은 사장들이 문을 연 귀여운 느낌의 작은 가게가 대부분이다.

3년 정도 살다 보니 단골가게가 꽤 많아졌다. 그중 가장 좋아하는 가게는 토요일마다 우리의 아침 식사를 담당하는 빵집이다. 빵 맛이 좋은 건 물론이고, 가격까지 저렴해 동네 주민들이 애용하는 핫플레이스가 되었다. 늘 빵이 일찍 소진되어 저녁에 가면 살 수 없을 정도다.

종종 동네 산책에 빠져 너무 멀리까지 걸어가는 바람에 지

하철을 타고 집에 돌아온 적이 더러 있다. 그 덕에 지금은 우리 집 사방으로 버스로 세 정거장 정도는 안 가본 길이 없다. 일부러 외우려 하지 않아도 어느 골목에 어떤 집과 가게가 자리하는지도 속속들이 알게 되었다.

주택이 있는 동네에선 가게 하나하나가 그 동네의 분위기를 좌우한다. 빵집처럼 사랑받는 공간 하나만 있어도 분위기는 확연히 달라진다. 그러니 가게가 사라지고 생길 때마다 관심을 갖지 않을 수 없다.

새 가게가 오픈을 위한 리모델링 공사를 하면 주민들은 어떤 가게가 들어설지 오며 가며 눈여겨본다. 센레와 나는 언젠가부터 어떤 업종의 가게가 들어오면 잘될 것 같다느니, 저 가게는 이런 점을 보완하면 장사가 더 잘될 것 같다느니 하는 대화를 자주 하게 되었다. 이제는 주인이 자주 바뀌는 자리가 있는 것도 알게 되었는데, 그 자리에 어떤 업종이 들어오면 살아남을지에 대해서도 이야기한다. 가끔은 내가 그 자리의 주인이 되어보면 어떨까, 하는 상상도 해본다. 그냥 상상만.

자연스러운 게 좋아

퇴근 후 집 앞 버스정류장에 내리는 나의 발걸음은 늘 경쾌하다. 저 멀리 우리 집과 테라스 식물들이 보이기 시작하면 기분이 더 좋아진다. 지금부터 잠들기 전까지 온전한 자유시간이다. 나에게 주어진 4~5시간, 하고 싶었던 일을 하나씩 하며 느긋한 시간을 보낼 것이다.

나는 점점 확신하고 있다. 이런 시간을 보내기 위해서 살아가고 있는 것이라고. 이런 편안함과 자유를 누리기 위해 고되지만 하루 8시간 이상 돈을 벌고, 가끔은 불편한 인간관계도 견디며 살고 있다고 말이다.

단독주택에서 살게 된 후 할 일이 더 많아진 건 분명한데, 마음은 전보다 여유로워졌다. 몇 년 전까지만 해도 하늘 한 번 안 쳐다보고, 계절이 바뀌는 줄도 모르면서 하루를 보내기도 했던

나다. 그런데 지금은 기다림의 미학이 있는 베이킹이나 식물 가꾸기를 취미로 즐기고 있다. 예전이라면 감히 꿈꾸지 못했을 일이다.

'급할 것 없어. 이 순간에 집중해. 지금 행복하잖아.'

주택에서 느리고 불편하게 살며 오히려 시간의 존재를 느끼게 되었다.

세월이 감에 따라 집은 점점 더 낡을 테고 고쳐야 할 부분도 많아질 것이다. 하지만 그것 또한 시간이 주는 자연스러운 모습이니 앞선 걱정은 하지 않으려고 한다. 단독주택에 살면서 자연스럽다는 말이 좋아졌다. '자연스럽게 살고 싶다'고 생각한다. 시간이 흐를수록 우리 집은 더욱 우리를 닮아가겠지. 소박하고 따뜻한 집이 되기를 바라고, 우리의 삶 또한 그러기를 바란다.

고마워, 나의 단독주택.

주택 생활 추천 아이템

소화기

안전을 위해 세대당 최소 1개는 필수로 가지고 있어야 합니다. 저희는 현재 현관, 부엌, 복층에 각각 1개씩 구비해두었습니다.

뉴스 기사에 따르면, '소방시설 설치·유지 및 안전 관리에 관한 법률'에 의거, 단독경보형 감지기는 구획된 실(방)마다, 소화기는 세대별, 층별로 1개 이상 구비해야 한다고 합니다. 단독·다가구·다세대·연립주택에 의무적으로 설치해야 해요.

가스 경보형 감지기

경보를 통해 가스 누출을 알려주는 감지기입니다. 실제로 주택 화재 예방에 큰 도움이 된다고 해요. 소화기와 같이 의무적으로 설치해야 하는 물건입니다. 천장이나 벽에 붙이기만 하면 돼서 설치도 쉬워요.

가스 밸브 자동차단기

설정해놓은 시간이 지나면 가스 밸브가 저절로 잠기는 자동 차단기입니다. 가스 잠그는 걸 깜빡깜빡하거나 냄새를 잘 못 맡는 분이라면 설치를 권해드립니다. 도시가스 배관 모양에 따라 설치가 안 되는 모델이 있으니 구입 전 유의해주세요.

손전등/미니 손전등

정전과 같은 상황에 대비해 필요한 물건이죠. 마당 생활을 하시는 분들이라면 더 자주 쓰게 되지 않을까 생각합니다. 작은 손전등은 집 안 구석, 틈새에서 벌레 찾는 데 용이합니다.

건전지 센서등

마당에 어두운 사각지대가 있거나 센서등을 설치하기 어려운 장소가 있다면 간편하게 자석으로 붙일 수 있는 건전지 센서등을 달아보세요. 저희는

마트에서 파는 건전지 센서등을 대문 옆에 붙여놨는데요, 빛이
아주 밝지는 않지만 안 붙인 것보다는 낫습니다.

온습도계

보통 아이 있는 집은 온습도계가 다 비치
되어 있지요. 어른만 살더라도 꼭 비치해두세
요. 특히 비염과 같은 호흡기 질환이 있다면
온습도를 체크해서 환기도 시키고, 적당히 습도조절을 해주는
것이 좋습니다.

제습기

보송보송까지는 아니더라도 집이 축축해
지지 않도록 관리하는 것이 좋습니다. 자칫
곰팡이라도 생기면 곤란하니까요. 특히 지하
실은 습도가 원래 높은 곳이니 더욱 신경을 써야 합니다.

동파 예방용 이불과 비닐

버리는 옷, 이불, 비닐 등이 생기면 동파 예
방용으로 모아둡니다. 한겨울에 마당 수도꼭
지와 수도계량기를 그냥 놔뒀다가 동파되면

자칫 큰 공사로 이어질 수 있어요. 겨울이 오기 전 이불, 천, 스펀지, 비닐 등으로 수도꼭지를 잘 싸주어 미연에 방지해야 합니다.

문풍지 또는 틈새 테이프

추워지면 현관, 중문, 창문, 창틀 틈새에 문풍지나 비닐 틈새 테이프를 붙여 찬바람을 꼭 막아주세요. 시공 전후 온도 차이가 정말 크답니다.

결로 방지 테이프

겨울에 창문이나 베란다 아래쪽에 결로 방지 테이프를 붙이면 창가에 맺혀 아래로 흘러내리는 물방울을 흡수하는 효과가 있습니다. 쉽게 떨어지므로 해마다 교체도 가능합니다.

빗자루와 쓰레받기

마당에 떨어진 낙엽이나 흙모래를 쓸 때 필요합니다. 겨울에는 눈도 쓸고요. 환경미화원 분들이 쓰시는 연두색 빗자루를 추천합니다. 짚으로 된 빗자루는 햇빛에 금방 삭아 오히려 마당이 지저분해질 수 있거든요.

호스

수도꼭지에 긴 호스를 연결해놓으면 여러 모로 편리합니다. 멀리 있는 식물에 비 내리는 것처럼 물을 뿌려줄 수도 있고 대문 청소할 때도 유용해요. 물의 세기를 조절할 수 있어서 마당을 청소할 때 먼지를 흘려보낼 수도 있습니다.

천으로 된 호스는 잘 찢어지니 튼튼한 제품으로 구매하는 게 좋습니다. 널브러져 있으면 지저분해 보이니 돌돌 말아 정리할 수 있는 호스를 추천합니다.

드릴

드릴은 못 박기, 가구 조립 등 이사한 첫해에 꽤 많이 사용했어요. 철물점이나 주민센터에서 대여도 가능하니 자주 사용하지 않는다면 대여하는 것도 괜찮습니다.

참고로 드릴은 용도에 따라 다른 드릴 비트를 사용해야 합니다. 처음에 잘 몰라서, 나무용 비트를 꽂아 놓고 콘크리트 벽을 뚫는다고 엄청 고생했어요. 드릴 비트는 철물점에서 쉽게 구입할 수 있습니다.

두루마리 휴지

두루마리 휴지가 없는 집은 없죠. 저희의 용도는 벌레잡이입니다. 단독주택 생활 1년째까지만 해도 벌레를 잡을 때 벌레 전기채를 사용했지만 지금은 휴지로 잡는 게 더 편합니다. 벌레가 모서리 부분이나 좁은 틈새에 있으면 전기채는 들어가지도 않고, 사용하는 동안 벌레를 보는 게 더 괴롭거든요.

두루마리 휴지를 둘둘 말아서 벌레를 잡아 변기에 휴지째 휙 던진 후 신속히 물을 내리는 방법이 제일 편한 것 같아요.

리모델링을 다시 한다면

리모델링을 하고 나면 아쉬운 부분과 만족스러운 부분이 모두 있기 마련이죠. 앞에서 다루지 못한 부분만 따로 정리해보았습니다.

다시 하면 이건 바꾼다!

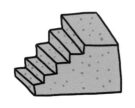

방부목 계단 대신 돌계단으로

방부목 계단은 나무 상태를 체크하여 너무 낡으면 교체해야 합니다. 오래 사용하기 위해서는 1년에 한 번은 오일스테인을 발라 코팅을 해주는 게 좋아요. 예쁘다는 단순한 이유로 방부목을 선택했는데 다시 한다면 따로 관리할 필요가 없는 돌계단으로 하고 싶어요.

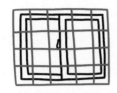

방범창을 창틀 바깥쪽에 설치

인테리어 소장님 권유로 창틀 한쪽에만 방범창을 설치했습니다. 두 쪽 다 방범창을 하면 답답해 보인다는 이유였죠. 방범창을 설치하지 않은 문 쪽은 실내에서 못으로 고정시켜 열리지 않습니다. 그런데 이런 방식으로 하면 다른 쪽 문의 방범창은 창틀 안쪽에 설치해야 합니다. 설치 후 사용해본 결과, 문을 두 쪽 다 열 수 없어서 창틀을 깨끗하게 청소하기가 어렵더군요. 다시 한다면 문 두 쪽 모두에 방범창을 설치하더라도 바깥쪽에 설치하고 싶어요.

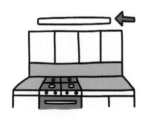

물건을 살 땐 가능한 직접 눈으로 보고 고를 것

인터넷에 올라온 갓전등 사진을 보고 반해서 실물은 보지도 않고 주문했습니다. 그런데 실물은 제가 생각한 느낌과 많이 달라 당황스러웠어요. 방문을 골랐을 때도 책자에서 사진만 보고 골랐는데, 예상과 전혀 다른 질감에 당황했던 기억이 납니다. 사진상에서 예뻐 보이는 아이템이 실제로 봤을 때 투박하거나 금방 질리는 경우도 많더라고요.

부엌 조리대는 넓게

부엌을 크게 사용하고 싶어 전에 사시던 분들이 안방으로 사용했던 가장 큰 방을 부엌으로 만들었습니다. 처음엔 저희 집 부엌 조리대가 충분히 넓다고 생각했지만 베이킹을 해보니 왜 부엌이 크면 클수록 좋다는지 이해가 되더군요. 조리대가 넓으면 요리할 때 음식 재료와 양념통, 조리기구, 그릇 등을 옆으로 치워가며 할 필요가 없고, 요리에만 집중할 수 있겠지요. 드넓은 조리대가 많은 이들의 로망인 이유를 이제야 깨달았습니다.

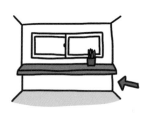

주택스러운 거실 창문

거실 창문을 천장부터 바닥까지 꽉 차게 넣은 걸 후회해요. 얼마든지 창의적으로 꾸밀 수 있었음에도 익숙했던 아파트의 거실 창을 그대로 재현하고 말았습니다. 거실 창을 허벅지나 허리 높이까지는 벽으로 두었으면 지금보다 더 따뜻했을 거고, 선반으로 활용이 가능했을 텐데 말이죠. 언젠가 다시 공사하게 되면 꼭 적용하고 싶어요.

다시 해도 이건 한다!

대면형 주방

부엌 싱크대를 거실을 바라보게 설치하는 걸 대면형 주방이라고 하는데 최근에 이 구조를 선택하는 분들이 많아졌습니다. 저희 집은 구조상 집 중심에 싱크대가 있는데요, 설거지를 하면서도 TV를 보거나(TV 맞은편에 거울이 있어 비친 영상을 봅니다) 대화를 할 수 있어 설거지 시간이 덜 지루합니다. 어린아이가 있는 집이라면 거실에서 아이가 노는 모습을 보며 설거지를 할 수 있으므로 강력 추천합니다.

밝은색 장판과 벽지

'북유럽 인테리어' 하면 온통 하얀색으로 된 집이 떠올라요. 북유럽은 겨울이 길고 일조 시간이 짧아 밝고 안락한 느낌을 위해 하얀색 페인트를 칠하는 경우가 많다고 합니다. 벽의 색이 밝을수록 빛이 반사되어 집이 더 환해 보이기 때문이죠.

천장이 높거나, 천창을 설치한 경우를 제외하곤 도심의 단독주택은 대체로 빛이 적게 들어오는 환경에 있습니다. 벽지와 바닥을 밝은색으로 하면 집 안이 더 환하고 넓어 보일 수 있겠죠. 저희 집은 과감하게 흰색 벽지, 아이보리색 마루를 선택했어요. 생각지 못했던 장점으로는 벌레가 나타났을 때 바로 눈에 띈다는 겁니다. 먼지도 잘 보여서 늘 쾌적하게 관리가 가능합니다.

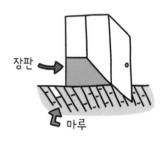

방은 장판으로, 거실은 마루로

모든 공간을 마루로 하거나 장판으로 했다면 거실과 방문 사이에 턱을 없앨 수 있고, 색 차이도 없어서 더 넓고 깔끔해 보였을 겁니다. 하지만 방을 장판으로 한 덕에 난방을 조금만 틀어도 방이 뜨끈뜨끈해서 좋습니다.

두 가지 자재 모두 장단점이 있습니다. 마루는 단단해서 흠집이나 구멍이 잘 안 나고 발에 닿는 촉감이 좋습니다. 단점이 있다면 난방 시 장판보다 늦게 따뜻해집니다. 반대로 장판은 언뜻 보기엔 마루와 비슷해 보이지만 마루와 달리 폭신폭신합니다. 각각 장단점이 있어요. 무릎이 안 좋은 분께는 장판이 더 좋을지도 모르겠네요. 단, 장판은 무거운 가구를 둔 곳에는 찍힌 자국이 남고, 구멍이 나는 경우도 있습니다.

작은방 3개

저희 집 1층에는 방이 3개 있습니다. 침실, 컴퓨터 방, 아이 방. 하나도 뺄 수 없다고 생각했기에 작은 면적에 방 3개를 욱여넣었습니다. 공간이 넉넉하지 않은 만큼 벽 설치 전에 필요한 가구의 위치와 사이즈를 검토하는 과정을 거쳤습니다. 결과적으론 동굴 같은 공간을 좋아해서인지 작은방들이 답답하다기보단 아늑하다고 느끼고 있습니다.

작년에 시작한 원고 작업이 올해 초가 되어서야 마무리되었다. 그동안 내가 사는 곳에도 나름 큰 변화가 있었다. 옆집이 부동산에 집을 내놓았다고 한다. 예상하지 않은 건 아니지만 생각보다 그 시기가 빨리 찾아온 것이다. 주변에서는 우리 집을 같이 내놓으면 더 좋은 값에 땅이 팔릴 거라고 이야기한다. 건물을 짓기 좋은 평수가 될 테니까. 실제로 그런 제안이 있었고, 이번 기회에 집을 팔아야 좋다는 말도 많이 들었다.

이 책의 마지막 에피소드가 아파트로 이사 가는 내용이라면 꽤 반전이 되겠구나 하는 생각을 했지만 결말은 조금 심심하게 내야겠다. 사실 1초도 고민하지 않았던 것 같다.

사람이다 보니 언제 어떻게 마음이 변할지 모를 일이다. 주변 상황이 변할 수도 있고 말이다. 하지만 지금은 옆집에 빌라가 들어서고, 사방이 빌라로 둘러싸이게 된다 해도 계속 이 집에 뿌리내리고 살고 싶다. 올해 태어나 자랄 아이에게도 이곳의 마당과 식물과 사계절의 하늘을 보여주고 싶다.